Charlott Ruth Kott

Kornäpfel
Kindheit und Jugend in Leipzig

AF223142

Bibliografische Information der Deutschen Nationalbibliothek:
Die Deutsche Nationalbibliothek verzeichnet diese Publikation
in der Deutschen Nationalbibliografie; detaillierte bibliografische
Daten sind im Internet über
< http://dnb.d-nb.de > abrufbar.

© 2008 Charlott Ruth Kott
Umschlaggestaltung, Herstellung und Verlag:
Books on Demand GmbH, Norderstedt
ISBN: 978-3-8334-7744-7

Inhalt

Das Glück wohnt nicht im Besitz –
und nicht im Golde.
Das Glücksgefühl
ist in der Seele zu Hause.

(Demokrit)

Worte zur Zeitgeschichte
von Prof. Dr.h.c. Gerd Biegel

>*So bin ich nun bei mir angekommen*<, dieser Satz prägt sich dem Leser der Erinnerungen von Charlott Ruth Kott ein, wenn er am Ende dieses Buches angekommen ist. Ein Buch, das Kindheits- und Jugenderinnerungen enthält, das von wenig Liebe und viel Angst erzählt, und noch mehr als nur die späten Gedanken an eine frühe Jugendzeit darstellt.

Es ist ein autobiografisches Buch und zugleich ein ganz persönlich geprägtes Werk zur Zeitgeschichte Deutschlands.

Charlott Ruth Kott beschreibt ihre Kindheits- und Jugenderlebnisse der letzten Kriegsjahre in Leipzig und in Deutschland, einem Deutschland, das dabei war, nach Jahren der beispiellosen moralischen Vernichtung eines Volkes nun auch die physische Vernichtung im Bombenhagel der Alliierten zu erleben. Dabei wird deutlich, wie verloren ein Kind war, dem das Nötigste im Alltag fehlte und das schließlich auch erkennen musste, dass selbst die Mutter keinen seelischen oder emotionalen Halt bot, sondern höchstens die Möglichkeiten im Sinn hatte, das Kind zum eigenen Vorteil materiell auszunutzen. Und dies war kein Einzelfall, sondern die Erfahrungen der Autorin gelten für viele weitere Beispiele.

In den vorliegenden Schilderungen ist ein persönliches Erinnerungsbuch, nicht geschönt in der Rückbesinnung des Alters, sondern ehrlich und offen, ja schonungslos gegenüber den eigenen Gefühlen. Es ist aber auch ein Spiegel der historischen Wirklichkeit am Heimatort Leipzig, einer Wirklichkeit, die den Weg von einer zerstörten alten Diktatur in eine im Aufbau befindende neue Diktatur darstellt.

Charlott Ruth Kott skizziert in persönlicher Sicht- und Erlebnisweise die Anfänge der DDR, und zwar ohne die aktuell grassierende >Ostalgie<, die in der Erinnerung so viel Gutes und Besseres in dem deutschen >Unrechtsstaat< entdecken möchte, gleichsam als wäre er die soziale Variante einer humaneren Demokratie auf deutschem Boden gewesen. Wer diesen persönlichen Bericht liest, erkennt bald, dass dem nicht so war. Eigenständiges Denken und Handeln war gefährlich, Anpassung für den Aufstieg nötig und Misstrauen gegenüber Anderen alltäglich.

In diesem Buch wird aus eigenem Erleben der Nährboden geschildert, aus dem sich das DDR-System des sozialistischen Einheitsstaates entwickelt hat, der Gleichheit mit Unterwerfung, Freiheit mit Überwachung und Brüderlichkeit mit Unmensch-lichkeit gleichsetzte. Symbolhaft stand dafür die Einrichtung der Sozialistischen Einheitspartei Deutschlands (SED), die sich sehr bald von der Massenpartei zur Kaderpartei sowjetischen Typs entwickelte, sowie das Ministerium für Staats-

Sicherheit mit seinem umfassenden Spitzelsystem. Wie in das persönliche Umfeld und mit welchen menschenverachtenden Methoden die Durchsetzung der ideologischen Ziele erzwungen wurde, darüber informierten seit der so genannten Wende von 1989 umfangreiche Berichte und Forschungsergebnisse. Wie dies sich aber im Einzelfall abspielte und zu welchen traumatischen Folgen es führte, kann man nur aus persönlichen Erfahrungsberichten ersehen, um das tatsächliche Ausmaß des Systems zu erahnen.

Am 7. Oktober 1949 war die DDR gegründet, Wilhelm Piek am 11. Oktober zum Präsidenten der Republik und einen Tag später der Braunschweiger Otto Grotewohl zum Ministerpräsidenten gewählt worden. Wirtschaftlicher Aufbau des zerstörten Landes ging mit einer ideologischen Schulung im Sinne des Sozialismus, eine besondere Zielgruppe war die Jugend. Politische Schulungen, Kadergehorsam, parteinahe Weiterbildung und Schulung im Rahmen der FDJ waren Zwänge, denen Kinder und Jugendliche nur mit schlimmen Folgen für ihre Zukunft entkommen konnten.

>Die Mädchen werden Dich richten<, in diesem zynischen Hinweis gegenüber Nicht-Angepassten wird die Struktur des inneren Systems schlagartig deutlicher, als mit vielen Quellenbelegen historischer Untersuchungen es zu erklären gelingen mag, wie eine 16jährige öffentlich im Jugendheim als >Schädling des Volkes< gebrandmarkt werden konnte und sich während des Aufstandes am 17. Juni 1953 entschloss in den Westen zu fliehen.

Dieser Aufstand war das zentrale historische Ereignis im Leben von Charlott Ruth Kott und hatte ihren weiteren Lebensweg entscheidend bestimmt.

Fünfundfünfzig Jahre sind vergangen, seit die Ereignisse des 17. Juni 1953 Deutschland und Europa erschütterten. Für die Machthaber im Osten war es ein vom Westen gesteuerter Faschistischer Putsch, und auch die Intellektuellen der Zeit von Bert Brecht bis Johannes R. Becher schlossen sich dieser Deutung vom >*braunen Mob*< an.

Niemand ahnte von den Arbeitern der Baustelle >*Block 40*< an der Stalinallee, dass sie Weltgeschichte schreiben würden, als sie am 16. Juni 1953 mit ihren selbst gemalten Transparenten auf die Straße zogen. Ihr friedlicher Marsch in das Zentrum von Ostberlin, mit dem sie gegen eine von der Regierung angeordnete Normenerhöhung demonstrierten, hatte unerwartete Folgen: Es kam zu einer weder von Zeitgenossen im Westen, noch von den Nachrichtendiensten vorausgesehenen Massenerhebungen. Mehr als 1,5 Millionen Menschen in über 600 Städten waren es schließlich, die sich an den Unruhen, Streiks und Demonstrationen beteiligten und innerhalb weniger Stunden einen Flächenbrand auslösten. Auch in Leipzig konnte Charlott Ruth Kott diese Ereignisse nicht nur erleben, sondern selbst den ungeheuren Leistungsdruck im Vorfeld während ihrer Lehrzeit am eigenen Leib erfahren. Es war kein Moment der Überraschung, es war ein Prozess über längere Zeit hinweg, der schließlich seine Entladung erfuhr.

Im Gegensatz zur früheren Forschungsmeinung lässt sich festhalten, dass der Aufstand eher begonnen hatte als am 17. Juni 1953, weitaus mehr Menschen beteiligt waren als >*offiziell*< gemeldet wurden und unter der Wucht der Proteste die umfassend gesicherte Diktatur der SED wie ein Kartenhaus zusammenbrach – bis schließlich sowjetische Panzer den Aufstand niederwalzten. Der Historiker Arnulf Baring bewertete den Aufstand als >*Arbeiteraufstand*<. >*Die Arbeiter*<, meinte er, >*verstärkt durch eine große Anzahl Jugendlicher – haben den entscheidenden Anteil am Zustandekommen und Verlauf der Volkserhebung gehabt. Dagegen ist es unter den Bauern nur vereinzelt zu Unruhen gekommen*<. Neuere Forschungen haben diese Sichtweise eindeutig widerlegt.

Aus den inzwischen zugänglichen Unterlagen des SED-Staates geht hervor, dass es auch auf dem Lande zu vielen und oft geradezu radikalen Protesten gekommen ist.

Hubertus Knabe, einer der besten Kenner der DDR-Unrechtsgeschichte, meint darüber hinaus: >*Obgleich es in den agrarisch geprägten Regionen aufgrund der geringen Bevölkerungsdichte und der bäuerlichen Arbeitsweise kaum Möglichkeiten zu Streiks und Massendemonstrationen gab, muss man im Rückblick auf den Sommer 1953 geradezu von einer Bauernrevolte sprechen*<. Initialzündung scheinen die Rundfunkmeldungen über die Ereignisse in Berlin gewesen zu sein, insbesondere durch RIAS - Berlin und den NWDR. Sie bildeten das eigentliche Kommunikationsnetz in den Stunden und Tagen im Juni 1953.

Die Ohnmacht der SED gegenüber diesem Volksaufstand wurde schließlich zum größten Trauma ihrer Geschichte. >*Nie wieder 17. Juni*< - vor diesem Hintergrund entwickelte sich der gigantische Machtapparat von Stasi und menschenverachtender Diktatur der DDR, die schließlich in einem erneut friedlichen Volksaufstand 1989 ihr Ende fand.

Der 17. Juni 1953 hatte erhebliche Folgen und Spätwirkungen für die DDR-Geschichte.

Er beeinflusste ihren Verlauf, das Denken und Handeln der kommunistischen Führung sowie – wenn auch tendenziell abnehmend – das der Bevölkerung. Die blutige Niederschlagung durch sowjetische Truppen waren eine Seite der schnellen Reaktion auf die Ereignisse, die massenhaften Verhaftungen, Schnellgerichte und Hinrichtungen, die sich später zum großen Teil als Justizmord herausstellten, waren die andere Seite.

Die SED-Führung hatte schnell erkannt, dass es sich nicht nur um Probleme der wirtschaftlichen Unzufriedenheit der Arbeiter handelte, sondern um mehr, letztlich die Existenz des Systems.

Die in den Archiven neu aufgefundenen Materialien aus allen Teilen der DDR lassen die nationale Dimension der Erhebung eindeutig erkennen: Die Rufe nach freien gesamtdeutschen Wahlen und nach Wiedervereinigung gehörten zu den ersten Forderungen der Aufständischen im ganzen Land, nicht nur in Berlin und in anderen Städten, wie etwa Leipzig.

Es waren urdemokratische Ziele und Forderungen. In diesem Sinne hat die friedliche Revolution 1989 schließlich vollendet, was am 17. Juni 1953 begonnen wurde. Die Ereignisse hatten aber nicht nur die SED-Führung überrascht, sondern auch die Alliierten, denn nach Stalins Tod am 5.3.1953 hatten insbesondere Großbritannien und Frankreich auf weitgehende Entspannung gehofft. Der Status quo schien ihnen daher eher nützlich als eine von den Ostdeutschen erzwungene Wiedervereinigung Deutschlands mit unklaren Konsequenzen. So erklärt sich auch die eher zurückhaltende Reaktion der Bundesregierung unter Konrad Adenauer sowie die geradezu ablehnende Reaktion Winston Churchills. Die Politik ging ihre eigenen Wege – das Volk war darin nicht vorgesehen. Dieses aber hatte gehandelt ohne die Politik. Der 17. Juni 1953 war ein einmaliges und zugleich erstmaliges Ereignis.

Sehr rasch widmete man ihm ein Gedenken, erhob den 17. Juni zum nationalen Feiertag und zum Tag der Deutschen Einheit.
1953 fanden in Braunschweig, der neuen Heimat der jungen, geflohenen Charlott Ruth Kott, mehrfach Demonstrationen sowie Solidaritätskundgebungen für die Aufständischen in Berlin statt, wurde die Wiedervereinigung gefordert. Jeweils am 17. Juni der folgenden Jahre füllten tausende von Menschen den Burgplatz, um dem Aufstand vom 17. Juni zu gedenken. Rat, Land und Bund veranstalteten jeweils Sondersitzungen, die Maschinerie der politischen Selbstüberzeugung anders zu reden als man handelt

und denkt, war im vollen Gange und blieb plötzlich stecken.

Freizeit, Arbeitstag, Badetag – an alles war zu denken, jedoch kein Gedenken mehr! Schon ein Jahrzehnt nach dem Aufstand setze die Diskussion um den besten Weg des Vergessens ein, und bald wurde der 17. Juni 1953 tatsächlich vergessen. Annäherung an den Osten ließ kritische Erinnerung nicht mehr zu, im Unterricht wurde das Datum zur Marginalie. 17. Juni, war da was? Diese Frage von 1974 findet heute noch weniger Antworten - mehr als 90 % der Schülerinnen und Schüler können das Datum keinem Ereignis mehr zuordnen, fast 60 % der Erwachsenen ebenso nicht mehr, wie aktuelle Befragungen belegen. Bemühungen um historische Aufklärungen werden als lästig angesehen oder gar behindert. Zum zweiten Mal scheint die SED-Ideologie den Sieg über die Freiheit, zumindest die geistige Freiheit, davonzutragen.

Es muss ohne Rücksicht und falsche Scham festgestellt werden, dass der 17. Juni 1953 als Aufstand in der Bundesrepublik Deutschland längst in Vergessenheit geraten ist und in der ehemaligen DDR war die Erinnerung sogar zwangsweise unterdrückt worden. Insofern müssen wir heute zu Recht vom vergessenen Aufstand sprechen. Eine bittere Aussage konnte man kurze Zeit nach den Ereignissen von 1989 von einem DDR-Bürger hören:

>*Wir haben den Aufstand gemacht und ihr im Westen habt den Feiertag bekommen. Wir haben 1989 den Umbruch geschafft und ihr habt uns den Feiertag genommen*<.

14

In diesem Sinne soll es nicht in ein paar Jahren heißen, dass im 20. Jahrhundert die Deutschen nach den Schrecken der Diktatur und der Weltkriege für Demokratie und Freiheit gekämpft haben, Opfer beklagen mussten und friedlich den Umsturz im Osten ermöglichten und niemand erinnert sich mehr daran. Erinnern auch an den 17. Juni 1953, ist notwendig und dazu tragen auch die persönlichen Erinnerungen in diesem Buch bei, denn insbesondere die Jugend bedarf der informativen Aufklärung über die deutsche Geschichte.

Mit ihren autobiographischen Erinnerungen schildert Charlott Ruth Kott nicht nur ihre Jugendjahre und den Weg vom Schulkind zum Lehrling, sondern die Anfangsjahre der DDR aus dem Blickwinkel einer unschuldig Betroffenen, der man die Freiheit des eigenen Denkens und Handelns nimmt, um die >*politisch schlechte Erziehung durch die Pflegeeltern*< zu überwinden und fremdbestimmt dem System eines entstehenden Unterdrückungsstaates angepasst zu werden.

Geschichten aus der eigenen Lebensgeschichte werden zum Leben erweckte Geschichte: informativ, lehrreich und gerade auch für junge Menschen heute lesenswert, um besser zu verstehen, warum Freiheit, Gleichheit, Brüderlichkeit für eine freie Gesellschaft wunderbare Errungenschaften waren und sind, die es auch in unserer Zeit stets neu zu verteidigen gilt.

Erinnerungen - Bomben auf Leipzig

Dezember 1943, am Morgen um fünf Uhr. Heftiges Klopfen an der Haustür unseres Siedlungshäuschens in Leipzig Mockau. Wir Kinder schreckten aus dem Schlaf. Mutter riss die Tür auf und schrie: „Kommt sofort aus den Betten und in den Keller, es ist Fliegeralarm."

Ich, erst sechs Jahre alt, bemühte mich verzweifelt einen Strumpf über den Kopf zu ziehen, dachte es wäre die Mütze. Meine zwei Geschwister zogen sich ebenfalls, noch schlaftrunken, an. Hanne, unsere Kleinste verwechselte die Bodenkammertür mit der Tür zum Erdgeschoss.

Endlich hatte Mutter alle unten im Flur, die Haustür stand offen. Unser Nachbar, er war Luftschutzwart, redete erregt auf Mutter ein und erklärte, dass er mehrmals an die Haustür geklopft hätte, ohne Erfolg. So dachte er, wir wären in den Bunker der Schule gelaufen, also nicht im Haus.

Tagsüber hatten wir uns öfter in den Bunker begeben, doch nicht in dieser schrecklichen Bombennacht. Inzwischen waren die Sirenen zur Entwarnung verklungen, wir konnten es nicht fassen. Alle im Haus, auch unsere Mutter, hatten trotz der fallenden Spreng- und Brandbomben tief und fest geschlafen.

Es war der größte Luftangriff auf Leipzig. Mehr als 1800 Menschen kamen um und zirka ein Fünftel der Bevölkerung wurde obdachlos.

Wir traten vor das Haus und waren erschüttert vom Anblick der Verwüstung. Ringsum brannte es lichterloh.

Die Ligusterhecke um unser Grundstück stand in Flammen. Bäume und Sträucher brannten.

Wo war das Haus von gegenüber, die Mauer, wo waren die Menschen?

Mein Blick wanderte zum Himmel, ich zitterte noch immer. Zwischen den dunklen Rauchwolken leuchtete es hellrot auf. In der Ferne sah ich die auflodernden Flammen, den Feuerschein der brennenden Stadt. Tausende von Wohnhäusern, Museen, Kirchen, Krankenhäuser und andere Gebäude waren total zerstört. An Löschen nicht zu denken – Leipzig brannte drei Tage lang.

Ein Wunder, dass unser kleines Siedlungshäuschen am Rande der Stadt nicht betroffen war. Wie mächtig musste unser Schutzengel gewesen sein. Zirka einhundert Brandbomben waren rings um im Garten gefallen. Wir hielten uns stumm an den Händen und weinten. Eine Bombe auf das Haus, und wir hätten für immer geschlafen.

Am Abend des Tages kamen mehr und mehr Obdachlose aus der Stadt. Sie suchten sich eine Unterkunft. Mit diesem Menschenstrom kam auch meine geliebte Großmutter. Sie hatte in der Innenstadt von Leipzig, in der Eisenbahnstrasse, gewohnt und den Großangriff in einem Bunker überlebt. Sie zog einen Puppenwagen hinter sich her, all ihre Habe war darin verstaut. Eine kleine gebeugte Gestalt, obwohl sie erst 55 Lebensjahre zählte.

Nach Tagen kam noch eine Tante aus der Stadt, auch sie war ausgebombt, und wir nahmen sie im Haus auf.

Heute, beim Beschreiben dieser Situation, sehe ich die Großmutter vor mir, rieche die brennende Stadt Leipzig und sehe die weinenden Menschen.

Kornäpfel

Ein sonniger Tag im August 1944. Wir hatten noch Schulferien. Als Erstklässlerin konnte ich nicht mehr zählen, wie oft der Unterricht ausgefallen war, denn es war Krieg.

Unser kleines Siedlungshaus stand nahe am Flughafen Mockau, und dieser wurde bei den Bombenangriffen immer angeflogen. Der Flughafen war ein lohnendes Ziel. Deshalb verbrachten wir Anwohner viele Stunden im Keller, um uns zu schützen. Am Ende des Krieges auch tagelang und nächtelang.

An diesem Tage wollten meine Schwester Hannelore und ich einfach nur im Garten spielen. Hanne, wie ich sie nannte, war knapp drei Jahre alt, ein süßer molliger Fratz mit blonden Locken. Obwohl es noch Vormittag war, hatte sie sich schon total mit Erde und den überreifen Johannisbeeren beschmutzt.

Jetzt kam unsere Mutter aus dem Haus in den Garten. Sie hatte den großen Henkelkorb dabei und sagte zu mir: „Ruth, du kannst mir beim Pflücken der reifen Äpfel helfen und auch heruntergefallene auflesen."

„Ich will auch helfen", sagte Hanne und wischte ihre kleinen schmutzigen Fingerchen am Kleid ab.

„Du bist mir eine schöne Hilfe", sagte Mutter lachend. Unser Garten war von einer Ligusterhecke umgeben, und von der Strasse her trennte das Grundstück ein Graben. Dieser war nicht sehr tief, das Gras saftig grün, wir schnitten es als Futter für die Kaninchen. Besonders beliebt und schmackhaft waren die Löwenzahnblüten und Blätter. Auch zum Spielen und um uns zu verstecken nutzten wir den Graben.

Nach den Bombenangriffen sammelten wir, wie viele Kinder in der Siedlung, heimlich die herumliegenden Granatsplitter. Sie hatten bizarre Formen und Farben, fühlten sich warm an.

Die Obstbäume trugen in diesem Jahr sehr gut. Übervoll mit Früchten waren die Apfelbäume, die Äste bogen sich unter der Last. Zu den gelbgrünen Augustäpfeln sagten wir in Leipzig >Kornäpfel<. Mir schmeckten die heruntergefallenen, wurmstichigen am besten. Sie waren besonders süß.

Während des Pflückens hörten wir plötzlich Stimmen. Der Gesang eines Marschliedes und feste Schritte auf dem Asphalt waren zu hören, kamen näher. Mutter und ich standen still. Hanne begann am Finger zu lutschen, ohne einen Kornapfel loszulassen, den sie aus dem Korb genommen hatte.

Aus dem nahen Arbeitslager kam eine Gruppe von Zwangsarbeitern vorbei. Angetrieben von Bewachern in Uniform. Es war nicht das erste Mal, dass ich als Kind damit konfrontiert wurde. Eine Beklemmung machte sich in mir breit, ohne dass ich diese einordnen konnte.

Einige der Arbeiter sahen sehnsüchtig zu uns, der jungen Mutter mit zwei kleinen Mädchen. Dass sie außerdem hungrig und durstig waren, konnte ich mit sieben Jahren noch nicht wissen.

Meine Mutter sah mich mit einem strengen Blick an, legte den Finger auf die geschlossenen Lippen und bückte sich zum Obstkorb. Schwungvoll warf sie sehr schnell viele Äpfel über die Hecke. Nur einige Männer, die an der Grabenseite gingen, hoben hastig Äpfel auf.

Da begann ich an den Zweigen des Apfelbaumes zu reißen, um die Äpfel zum Herunterfallen zu bewegen. Leise doch bestimmt verbot Mutter es. Hanne stand neben mir und schaute dem Geschehen mit großen Augen zu. Sie hielt einen Kornapfel wie zu einer Liebkosung an ihre Wange gedrückt. Als ich ihr den Apfel wegnehmen wollte, um ihn in den Korb zu legen, fing sie zu weinen an. Das hatte ich nicht gewollt, und es war sehr schlimm.

Einer der Bewacher der Männergruppe wurde auf uns aufmerksam. Er sprang mit einem Satz über den Graben bis zur Hecke und schrie unsere Mutter mit schriller Stimme an: „Verschwinden Sie sofort mit Ihrer Brut aus dem Garten. Wenn ich Sie hier noch einmal sehe, nehme ich euch alle mit."

Ohne uns umzusehen rannten wir Mädchen in den Schuppen neben dem Haus. Als ich Hanne am Arm zog, stolperten wir beide über eine grüne Gießkanne und fielen hin. Hanne weinte.

Bald kam unsere Mutter nach. Nach ihrem Gesichtsausdruck zu urteilen, hatte sie einen Schock erlitten. Sie war sehr blass, hatte gerötete Wangen und Tränen in den Augen. Sicher hätte sie den Zwangs-Arbeitern, diesen armen hungernden Männern, gern noch mehr Äpfel gegeben.

Für diesen Tag mussten wir Kinder im Haus bleiben, die Angst saß uns in den Gliedern.

Warum, wieso, waren ständige Fragen an die Mutter. Auch sie war sehr traurig und antwortete einsilbig.

Für mein Alter war ich sehr vernünftig und wissbegierig, stellte immerzu Fragen, wodurch meine

Mutter genervt war. Es waren auch Fragen, durch die ich sie in Verlegenheit brachte.

Trotzdem nahm sie mich einige Tage nach dem Vorfall im Garten mit zum Einkaufen. Da es in der Siedlung keine Geschäfte gab, mussten wir längere Strecken zu Fuß in Richtung Thekla gehen.

Nur eine Milchfrau kam täglich durch die Siedlung. Die grauen Blechkannen standen auf einem Tafelwagen, der von Hand gezogen wurde. Die Milch schäumte auf, wenn sie mit einem Maß in die Kannen der Käufer gefüllt wurde. Ich wunderte mich, dass der Schaum bläulich schimmerte. Es war Magermilch.

Am Rand der Siedlung war die Einkaufsstrasse. Hohe Wohnhäuser, Geschäftshäuser, und direkt neben der Schlachterei war ein Gefangenenlager für russische Frauen mit Säuglingen.

Ich hatte schon oft vor dem Lager gestanden, wenn ich unsere Blechkanne mit Wurstbrühe vom Schlachter holen musste. Wir gaben am Abend eines bestimmten Tages die Kanne ab, sie wurde am Schlachttag mit der Brühe gefüllt.

Als Mutter und ich an diesem Tage an dem Lager vorbei gehen wollten, sahen wir, dass das große Holztor offen stand. Der Ausgang war nur durch Gitterstäbe versperrt. Neugierig trat ich an das Gitter. Sofort kam eine der Frauen näher und setzte sich auf den Steinboden. Sie hatte einen Säugling im Arm und sah sehr traurig aus.
Während sie leise ein Lied summte, streckte sie die freie Hand durch die Gitterstäbe. Zwischen dem Gesang flüsterte sie deutlich die Worte: Brot, Milch und Hunger. Ihre Blicke wanderten voll Verlangen zu meiner Mutter.

Ich hatte begriffen und blieb stumm vor dem Gittertor stehen, obwohl Mutter zum Weitergehen drängte und langsam böse wurde. Wie sehr ich auch bettelte, sie möge der Frau etwas Essbares geben, sie zog mich weg.

Mit erstickter Stimme erklärte sie mir, ob ich die bittenden Augen der anderen Frauen im Hintergrund nicht gesehen hätte.

Sie wüsste wohl, was Hunger und Not bedeuteten. Nicht zu vergessen, dass Sie für uns Kinder die Verantwortung trug, da der Vater im Krieg sei. Auch, dass wir mit Sicherheit eingesperrt würden, wenn wir mit den gefangenen Frauen und Zwangsarbeitern sprechen oder ihnen etwas geben würden.

Während des folgenden Einkaufes bedrängte ich Mutter mit Fragen, warum und wieso diese Männer und Frauen nicht in ihrer Heimat bleiben könnten.

Immer kam von ihr die Antwort: „Sei still, es ist doch noch immer Krieg."

Auf dem langen Heimweg fühlte ich mich sehr unverstanden und müde, stellte keine Fragen mehr.

Mutter gab mir einen reifen Kornapfel aus der großen Einkaufstasche, den sie vorsorglich mitgenommen hatte, denn ich jammerte unterwegs oft, weil ich Hunger oder Durst verspürte. Dieses Mal wollte ich nichts essen.

Ich gab den Apfel zurück und sagte trotzig, dass ich überhaupt nie mehr essen und trinken würde.

Diese Begebenheit hat tiefe Spuren in mir hinterlassen, ich wurde ein stilles, nachdenkliches Kind.

Blumenkind

Vom >Buch Ruth<, hörte und las ich erst im erwachsenen Alter, als ich aus der DDR geflohen und selbst schon Mutter war.

Ein Arzt erzählte mir nach einer Untersuchung, im Bezug auf meinen Namen, von der Ährenleserin Ruth. Sofort besorgte ich mir eine Bibel und las nicht nur aus dem Buch Ruth. In Kirchen achtete ich nun besonders auf Fenster mit der Ährenleserin. Viele Jahre machte ich mir auch Gedanken über Hiob und dass ich dieses Buch einmal malen wollte. Könnte Hiob nicht auch eine Frau sein, ging mir oft durch den Sinn.

Heute gehen meine Gedanken zurück in die frühe Kindheit, sie hat mich sehr geprägt. Im Sommer 1945 streiften wir Kinder über Wiesen und Felder, es waren Schulferien, ich acht Jahre alt. In der Nähe unseres Siedlungshäuschens befand sich eine riesige Blumenwiese. Es leuchtete in Gelb, Rot, Weiß und in vielen Schattierungen von Grün.

Vornehmlich strahlten mich die großen, weißen Talerblumen an. Den Namen Margeriten kannte ich noch nicht. Schnell pflückten wir Mädchen große Sträuße, während die Jungen wie immer noch nach Granatsplittern suchten. Ich steckte ab und zu einige kräftig gewachsene Butterblumen in meinen Strauß. Mit dieser Pracht liefen wir Mädchen zurück zum Haus und betraten die Waschküche. Dort war es angenehm kühl und Wasser für die Blumen gab es genug. Ich arrangierte die Blumen zu mehreren Sträußen und band sie mit bunten Wollfäden zusammen. Später bat ich Mutter um

Vasen dafür, nicht ohne ängstliche Gedanken, denn über meine Blumensucht, sie nannte es so, gab es in der Vergangenheit oft Ärger.

Zum Beispiel: Ich ging noch nicht zur Schule, als Mutter mich zum Einkaufen schickte. Mit dem Einkaufsnetz, Einkaufszettel und Geld lief ich los. Zum Schlachter führte mein Weg an der Gärtnerei vorüber. Trotz großer Lust, die Blumen in der Anpflanzung zu betrachten, kaufte ich zuerst die auf dem Einkaufszettel stehenden Wurstwaren ein.

Wie schön, es blieb Geld übrig, ich rannte in die Gärtnerei. Frau Möller, die Gärtnerin, kannte mich und erklärte mir wie immer geduldig die Pflanzen.

Im Gewächshaus kam ich aus dem Staunen nicht heraus, wurde jedoch zum Nachhausegehen gedrängt. Unbedingt wollte ich eine Pflanze erstehen.

Das Restgeld vom Einkauf reichte für ein kleines, violettes Alpenveilchen. Glücklich brachte ich Mutter dieses Töpfchen.

Leider hat sie meine Freude nicht geteilt, ich musste ohne Abendessen ins Bett.

Uns Kinder mit Essensentzug zu bestrafen, war eine ihrer Erziehungsmethoden. Geschlagen hat sie uns nur selten und wenn, dann mit dem Teppichklopfer.

An diesem Tag hatte es mich besonders hart getroffen. Es war Samstag und das bedeutet gleichzeitig Badetag. Danach gab es wie immer Brötchen mit Leberwurst, die ich gekauft hatte.

Zum Baden wurde in der Küche eine große Zinkwanne aufgestellt und einer nach dem anderen kam hinein. Zuerst die Kleinen. Für uns Kinder war das in der Nachkriegszeit immer ein besonderer Tag.

Für mich fiel dieser Festtag dieses Mal aus, nicht einmal in die Wanne durfte ich.

Wie das so bei kleinen Mädchen ist, die Blumen über alles gern haben, vergaß ich diese Geschichte schnell. Zur Gärtnerei waren es nur zirka 15 Minuten zu gehen, ich konnte es nicht lassen und war bald wieder einmal zu Besuch in der Gärtnerei.

Die Blumen im Gewächshaus waren so verlockend, dass ich die Gärtnerin bat, das Geld dafür anzuschreiben. Diese erschwindelten Blumen pflanzte ich in den Garten und pflegte sie gut. Das fiel Mutter nicht auf, jedes Kind hatte im großen Garten ein eigenes Beet. Leider hat die Gärtnerin meine Mutter, bei nächster Gelegenheit nach dem Geld gefragt. Das Donnerwetter und längeren Stubenarrest habe ich dann nicht mehr vergessen.

Außerdem hat Mutter der Gärtnerin verboten, mir Blumen oder andere Pflanzen zu verkaufen.

Diese Geschichten aus der Vergangenheit fielen mir nun wieder ein, als ich um die Vasen für die Wiesenblumen bat. Doch welch ein Wunder, Mutter freute sich sehr darüber und hatte, wie sie sagte, eine gute Idee.

Ich könnte am nächsten Morgen wieder Blumen pflücken und diese am Hauptbahnhof in Leipzig verkaufen.

Wie immer in solchen Situationen, wenn es darum ging, Mutter und somit meine Geschwister zu unterstützen, willigte ich ein.

Der Tau glänzte noch auf den Grashalmen und Blütenköpfchen, als ich am nächsten Morgen mit meiner Blumenernte begann. Da Mutter mir ein Gartenmesser mitgegeben hatte, ging es schnell.

Als der Korb voll war, lief ich ins Haus, wo Mutter mir beim Binden kleiner Sträuße half. Sie schrieb noch ein Schild: Strauß 50 Pfennig.

Auf dem Weg zur Straßenbahnhaltestelle am Mockauer Rathaus freute ich mich über den gefüllten Blumenkorb. Es war mittags, als ich am Bahnhof in Leipzig ankam. Da die Sonne um diese Zeit all ihre Kraft verströmte und auch blendete, ging ich in die Bahnhofsvorhalle. Das sollte sich bald als Fehler herausstellen. Immer wenn ein Zug ankam, strömten die Menschen zum Ausgang. Einige sahen die Blumen und kauften ein Sträußchen.

Ein Mann trat auf mich zu und fragte nach meinem Namen und Alter. Auch nach meinen Eltern. Erst als er einen Gewerbeschein verlangte und erklärte, dass ich viel zu jung für diese Verkaufstätigkeit sei, merkte ich, dass er ein Bahnbeamter war.

„Das muss ich dem Jugendamt melden, es ist strafbar. Sag es deiner Mutter und lass Dich hier nicht wieder blicken". Eifrig schrieb er meine Angaben in sein Notizbüchlein.

Froh und erleichtert, dass er mir weder den Blumenkorb noch das Geld abgenommen hatte, rannte ich in Richtung Stadtbad davon. Erschöpft saß ich auf den Treppenstufen der Badeanstalt, als eine Frau mit Badetasche herauskam. Sie sprach mich an und kaufte zu meiner Freude die restlichen Blumen. Sie zahlte mehr als nötig, vielleicht hatte sie meine Verzweiflung bemerkt.

Bevor ich mit der Straßenbahn zurück nach Mockau fuhr, kaufte ich mir in der Bäckerei für 10 Pfennig Hefe. Die schmeckte so gut aus der Hand und sättigte mich.

Zuhause angekommen erzählte ich Mutter von der Bahnpolizei. Sagte auch, dass ich keine Blumen mehr verkaufen wollte. Das sah Mutter allerdings nicht ein.

Sie sagte: „Erstens darfst Du nicht Deinen richtigen Namen nennen und zweitens gehst Du morgen wieder. Allerdings zum Südfriedhof".

Noch am Abend schnitt sie Sommerblumen und Rosen aus unserem Garten ab und band eigenhändig die vielen, bunten Sträuße.

Der Friedhofstag war ein Sonntag, Mutter versprach sich deshalb gute Verkäufe. Sie schärfte mir eindringlich ein, wo und auf welche Bank ich mich zum Verkauf der Sträuße im Gelände setzen sollte. Keinesfalls in die Nähe des regulären Blumenstandes.

Die Fahrt, einmal Umsteigen, mit der Straßenbahn, fand ich toll. Das Vergnügen hatte ich selten und nun bei herrlichem Sonnenschein.

An diesem, meinen ersten Friedhofstag, konnte ich schnell alle Blumen verkaufen. Da meine Mutter mit mir zufrieden war, folgten noch viele sonntägliche Friedhofstage, ohne Polizei und Ängste.

Es gab immer wieder Situationen, wo ich versuchte, meiner Mutter zu helfen, an Geld zu kommen. Besonders gelobt oder geliebt, wurde ich dafür nicht. Sie zog mir die anderen Kinder vor, es waren meine Halbgeschwister.

Ich sollte gar nicht auf der Welt sein, sagte sie in meinem Beisein einer Verwandten.

Deshalb fiel mir später oft die Ruth aus der Bibel ein. Naomi ließ sich nicht abbringen anderen zu helfen.

Da es im Haus meiner Mutter keine Bibel gab, glaube ich kaum, dass sie mir deshalb den Namen Ruth gegeben hatte.

1943 Ruth in Mockau - Schulanfang

Kohlenklau

Die Blumenernte und Verkäufe am Bahnhof und Friedhof hatte ich längst vergessen, als der Winter einbrach.

1945, es herrschte eine strenge Kälte und wir besaßen kein Heizmaterial. Ein großes Problem, denn auch die warmen Malzeiten konnten wir nur auf dem Küchen-Herd zubereiten. Ich hatte die Erwachsenen zwar von dem Kohlenklau reden hören, doch selbst dabei zu sein, konnte ich mir nicht vorstellen. Wie immer kam es anders.

Meine Mutter schickte mich los, um Kohlen zu organisieren. Mit einem Rucksack aus abgewetztem Leder auf dem Rücken, er hing bis in die Kniekehlen, lief ich zirka 15 Minuten bis zur Straßenbahnhaltestelle und fuhr zum Leipziger Hauptbahnhof.

In der alten grauen Mauer gab es Fensteröffnungen in Bogenform. Diese waren mit Gitterstäben versehen, an denen man gut nach oben klettern konnte.

Auf der steinernen Mauer glitzerten weiße und grüne Glasscherben. Als ich eintraf, versuchten mehrere Kinder über die Mauer zu kommen. Vorerst beobachtete ich die Aktion.

Andere Kinder befanden sich bereits im Gelände bei den Kohlenhaufen, die zum Beladen der Lokomotiven bestimmt waren. Dahin müsste ich also auch.

Ein nett aussehender Junge reichte mir die Hand beim Klettern, als der Pfiff aus einer Trillerpfeife ertönte. Ein schriller lauter Ton. Erschreckt ließ der Junge meine

Hand los, ich sprang von der Mauer und rannte mit den anderen Kindern davon.

Gegenüber der Mauer war ein Straßenbahndepot mit riesigen Holztüren. Sie waren zur Hälfte geöffnet und ich versteckte mich dahinter.

Noch immer rasselte mein Atem, als mich ein Beamter der Volkspolizei, hervorzog. Wieder wurde ich nach Namen und Anschrift gefragt.

Ich erinnerte mich an die Worte meiner Mutter, als ich beim unerlaubten Blumenverkauf am Hauptbahnhof erwischt wurde. Ich sollte einen falschen Namen angeben.

Das tat ich dieses Mal, obwohl es mir nicht zusagte. Ich zitterte am ganzen Körper, es waren außerdem mehrere Grad unter Null. Was nun, wie sollte ich ohne Kohle vor Mutter treten. Nichts und Niemand konnte mir helfen.

Es dämmerte bereits, als ich in der Siedlung in Mockau eintraf. Zu meinem Glück hatte Mutter den Besuch eines Bekannten. Sie lachten über meine rot gefrorene Nase und tränende Augen.

Meine große Angst vor einer Strafe, ich hatte keine Kohle, schienen sie nicht zu bemerken. Der Bekannte hatte meiner Mutter bereits erzählt, dass er mich beim Vorbeifahren in der Straßenbahn, an der Bahnhofsmauer hatte stehen sehen.

Nochmals sagte er lachend zu Mutter: „Wie ein Häufchen Elend und unentschlossen stand deine Tochter an der Mauer, während andere Kinder längst volle Säcke hatten.

Du hättest sie sehen sollen, sie ist zum Kohlenklauen nicht zu gebrauchen".

Wie froh war ich, als sie mich nach oben in das Kinderschlafzimmer schickten.

Mein Bruder lag im Bett, hatte Mitleid mit mir und borgte mir für kurze Zeit seinen Wärmstein.

In diesem kalten Winter legten wir in Zeitung eingewickelte Ziegelsteine zuerst in die Backröhre des Herdes zum Erwärmen und dann in die Betten. Das ging natürlich nur, wenn wir den Küchenherd überhaupt anheizen konnten.

Tage nach dem Versuch, Kohle zu besorgen, schickte Mutter meinen jüngeren Bruder mit mir zum Bahn-Damm in der Nähe der Siedlung.

Dort fuhren die Züge langsam und wir warteten darauf, dass der Heizer einige Kohlen herausschaufelte. Das geschah auch öfter. Dann sammelten wir Kinder die Kohle schnell auf. Dabei hatte auch ich gute Ergebnisse.

Leider gab es Lokführer oder Heizer, die einen dicken Wasserstrahl auf uns richteten.

Sie wollten uns davon abhalten, auf die mit Kohle beladenen Züge zu klettern und die Kohlen selbst herunter zu werfen. Darin war ich weniger gut. Als ich einmal gerade oben im Güterwagen war, fuhr der Zug plötzlich sehr schnell und ich konnte oder wollte nicht abspringen. Alle anderen Kinder hatten es rechtzeitig geschafft. Es half nichts, ich musste mit bis nach Thekla fahren. Der Zug hatte im dortigen Bahnhof keine Einfahrt, ich sprang ab und rannte den Bahndamm hinunter. Der Rucksack war weg und ich musste zurück nach Mockau laufen. Noch keine neun Jahre zählte ich, die kleinen Füßchen liefen sehr lange.

In diesen Jahren wusch und bügelte Mutter Wäsche, gegen Bezahlung, für einige Familien. Da konnte und musste ich helfen, die Wäsche legen und ausbessern.

Das machte mir nichts aus, denn ich konnte schon in jungen Jahren für den Haushalt lernen. Aus diesem Grund war es mir bald möglich, meine Mutter zu unterstützen, indem ich mir bei Pflegefamilien den Lebensunterhalt eigenhändig verdiente.

1953 Freundin Gisela Merlin

Ungeliebt und ausgebeutet

1945 - Der Krieg war zu Ende, das Elend noch lange nicht. Nachdem die Amerikaner aus Leipzig abgezogen waren, kamen die Russen.

Sachsen wurde russische Besatzungszone. Im Volksmund auch „Ostzone" genannt.

In der ersten Zeit wurden Ausgangssperren und Stromsperren verordnet. Wir hatten nicht nur die Plünderungen und Überfälle zu verkraften, Hungersnot und Kälte kamen hinzu. In Großstädten wie auch Leipzig, war es besonders schlimm. Es war entsetzlich für mich, dass ich mit meinem Bruder auf das Land zum Betteln geschickt wurde.

Betteln, unsere Mutter nannte es Tauschen. Andere nannten es Hamstern. Sie gab uns Textilien oder andere brauchbare Sachen mit. Dafür tauschten wir Esswaren ein. Das heißt, wir versuchten es.

Der erste Winter nach dem zweiten Weltkrieg war für die Bevölkerung in ganz Deutschland sehr schlimm, nicht nur für uns in Leipzig.

Mein Bruder Rolf war sechs Jahre alt und ich acht. An einem Morgen schickte Mutter uns aus dem Haus. Von der Stadt in das nächste Dorf führte der Weg über eine Landstraße. Es war nicht uninteressant, die zerbombten Brücken zu erklettern. Sträucher am Weg wurden nach Trockenbeeren abgesucht. Die Mehlfässchen schmeckten lecker, wir hatten immer Hunger. Als die ersten Bauernhöfe in Sicht kamen, überfiel mich die Angst vor den Hofhunden, auch wenn sie an einer langen Kette angekettet waren.

„Ruth, hab doch keine Angst, ich bin bei dir", sagte mein kleiner Bruder und hielt tapfer meine Hand.

Als ich an ein Hoftor klopfte, kam die Bäuerin heraus. Sie sah nicht gerade freundlich aus. Neugierig, was ich wohl zum Tauschen hätte, nahm sie mich mit in das Haus. Rolf sollte draußen warten.

Ich zeigte ihr die schneeweißen gestärkten Servietten und wollte Kartoffeln oder Mehl dafür haben.

Sie schüttelte missmutig den Kopf und sagte, dass sie auch nicht genug zu essen hätten. Ich sah mich um, die Küche war gut geheizt und mager sah die Frau auch nicht aus.

Polternd kam plötzlich der Bauer herein. Er streckte seine von Erde verkrusteten Hände über dem Herdfeuer aus und sagte, die Frau sollte mir von der Suppe geben.

Mit zusammen gebissenen Lippen füllte die Bäuerin einen Teller mit Milchsuppe. Endlich durfte ich mich setzen und essen.

Mir fiel mein wartender Bruder ein, doch der große Hunger siegte. Die heiße Milchsuppe war köstlich, in Gedanken daran schmeckt sie mir noch immer.

Nach dem Essen nahm der Bauer meine kleine Hand in seine raue große Arbeitshand und brachte mich hinaus. Am Hoftor steckte er mir einen großen Apfel zu, den Rolf gern als Trost annahm.

Weiter liefen wir von Hof zu Hof, bekamen keinen Einlass. Ein Großbauer jagte uns davon, er machte den Hund von der Kette los. Wir rannten so schnell wir konnten in eine offene Einfahrt, direkt einer jungen Frau in die Arme.

Sie schimpfte über die mitleidslosen Bauern: „Gerade die Größten sind am härtesten", sagte sie.

36

Als sie uns ansah, zwei frierende Kinder in ärmlicher Kleidung, konnte und wollte sie nicht verstehen, dass eine Mutter die Kinder allein auf die Dörfer schickte. Wir sahen sie ratlos an und hatten ihr Herz erreicht.

Sie tauschte die gestärkten Servietten gegen Möhren und eine große, gelbgrüne Kohlrübe ein. Schön anzusehen, wie sie für die Möhren einen Zeitungsbogen zu einer spitzen Tüte drehte.

Erleichtert und froh über die Ausbeute, traten wir den Rückweg an, der uns viel länger als der Hinweg vorkam. Bei Eintritt der Dunkelheit waren wir zu Hause. Stolz und erwartungsvoll legte ich die getauschten Schätze auf den Küchentisch. Es kam kein Wort des Lobes über die Lippen unserer Mutter. Im Gegenteil, sie schimpfte, dass es zu wenig sei. „Ihr taugt zu nichts, zu gar nichts", zeterte sie immerzu.

Rolf weinte, ich tröstete ihn flüsternd: „Sei doch froh, sie wird uns nicht mehr zum Betteln schicken. Jetzt geht sie vielleicht selbst zu den Bauern." So kam es dann auch.

Der Winter brachte Frost und Kälte, wir hatten keine Kohlen mehr zum Heizen. Es wurde nur der Herd in der Küche benutzt. Der Kachelofen in der guten Stube wurde nie geheizt. Die Wohnstube selten benutzt.

Am Küchenherd war an der Seite eine Wasserpfanne und auf den Platten konnten wir kochen, wenn sich etwas Heizbares fand.

Um die Hitze optimal zu nutzen, nahmen wir die Eisenringe aus der Herdplatte heraus und stellten die Kochgeschirre direkt über die Flamme.

Eifrig suchten wir Kinder im Garten nach brennbaren Zweigen und trockenem Gestrüpp.

Auf dem Weg zur Schule entdeckten ich und die andere Kinder die von Bomben zerstörten Gartenlauben. Die Zäune waren kaum noch erhalten, auch dort hatten die Bomben ihre Spuren hinterlassen. Fröhlich und glücklich, Heizmaterial zu finden, nahmen wir angebrannte und kaputte Holzbalken mit. Auch zerbrochene Holzstücke des Mobiliars der Lauben war willkommen. Täglich suchten wir nach dem Schulunterricht die Gärten nach Brauchbarem ab.

Die Funde von Bombensplittern sortierten wir und steckten die schönsten in den Schulranzen. Zuhause kamen sie in ein Versteck.

Dass die Gärten und das Holz anderen Menschen gehörten, kam uns nicht in den Sinn. Es ging nach dem Krieg einfach darum, nicht zu erfrieren oder zu verhungern. Unsere Mutter war zufrieden, wenn wir genug mitbrachten.

Als das Holz alle war, nahmen wir Dachpappen, die wir finden konnten, zerrissen sie in Stücke und heizten damit den Herd an.

Das Brennen der geteerten Dachpappen gefiel mir besonders. Ich war fasziniert von den Farben des Feuers. Es schwelte, und farbige Tropfen rannen wie Schlangen an den brennenden Pappstücken herunter. Der Geruch war ätzend und sicher ungesund.

Wie glücklich waren wir, wenn wir einige Kartoffeln hatten. Dann buk Mutter Kartoffelpuffer. Ohne Fett wurden sie direkt auf der Ofenplatte gebacken.

Oft klebten sie auf der Platte fest. Wir Kinder nannten diese Kartoffelpuffer „Plattenrutscher."

Wenn es kein Feuer im Küchenherd gab und nichts zu essen vorhanden war, blieben wir Kinder auch am Tag im Bett. Unser Kinderschlafzimmer befand sich in der oberen Etage des Hauses. Das Siedlungshaus war 1941 in Leichtbauweise erstellt, und bei Kälte glitzerten die schrägen, geputzten Wände vom Eis.

Ich sehe es deutlich vor mir, das silberne Glitzern auf der hellblau gerollten Wand.

Da mein Stiefvater nach Beendigung des Krieges in den Westen zog, hatten wir nur wenig Geld zur Verfügung. Er war nicht auffindbar und zahlte weder für die Kinder noch seine Ehefrau einen Unterhalt. Deshalb bekam Mutter für uns Kinder >Fürsorge<. Das Geld reichte natürlich nicht aus.

Um keine Arbeit annehmen zu müssen, fiel ihr etwas anderes ein. Sie gab in der Leipziger Volkszeitung eine Annonce auf, dass sie einen Untermieter suchte. Es funktionierte tatsächlich. Einige Untermieter erlebte ich als Kind mit.

Sie nahm nur männliche Untermieter, und diese Herren mussten wir dann Onkel nennen. Vielleicht versprach sie sich, einen Versorger zu finden.

Der erste Bewerber, hatte es wohl eher auf die junge Frau als auf das Zimmer abgesehen. Sie einigten sich sehr schnell, und er versprach für uns alle zu sorgen. Da wusste Mutter noch nicht, dass er eine Verlobte hatte, die er ihr eines Tages vorstellte.

Oft ging Onkel Albert in die Dörfer der Umgebung. Einmal brachte er von einer so genannten Hamstertour ein Ferkel mit. Wir Kinder freuten uns darüber besonders, auch wenn wir das Grünfutter suchen mussten, und tauften es auf den Namen Suse.

Mit Gras und dem wenigen Futter das wir kaufen konnten, war es jedoch nicht satt zu bekommen.

So gaben wir es traurig an einen Bauern ab. Er gab uns im Tausch für unsere Suse einen Sack voll Weizen. Die Überraschung war allerdings groß, als er uns mitteilte, Suse wäre ein Max. Da hatten wir Städter uns vertan. Unser Ferkel war bei späteren Gesprächen allerdings immer noch die Suse.

Vorerst besorgte Onkel Albert für uns tatsächlich Lebensmittel, oft ganze Säcke gefüllt mit Korn.

Das Korn brachten wir zum Bäcker und bekamen Brote dafür. Wir durften nicht alle Brote behalten, mit dem größten Teil machte er Geschäfte auf dem Schwarzmarkt. Er verkaufte die Brote sehr teuer.

Als ich einmal das Brot vom Bäcker holen musste, nahm ich für den Transport unseren Handwagen. War das eine Freude, mir kam es wie ein Fest vor, als ich die frischen, warmen Brote im Handwagen verstaute. Sie waren noch warm, mit allen Sinnen schmeckte ich die braune Rinde auf den Lippen, bis mich der herrliche Duft verführte. Ich biss mehrmals in die braune Kruste eines Brotes hinein. Es war köstlich! Das habe ich nie vergessen und zum Brot noch heute eine ganz besondere Beziehung.

Nicht mehr so köstlich waren danach die Schläge, die ich für die herzhaften Bisse in ein Brot bekam.

Der Mann, den ich Onkel nannte, holte ein Stück roten Gartenschlauch aus der Waschküche und schlug zu. Immer und immer wieder. Da ich mein Gesicht mit dem rechten Unterarm schützte, bekam dieser das meiste ab. Danach musste ich ohne Essen ins Bett gehen. Die Tür wurde von außen verschlossen.

Das waren nicht die einzigen Schläge, bis meine Mutter endlich merkte, dass dieser Mann ein falsches Spiel spielte.

Nicht nur, dass er nun seine Verlobte mitbrachte, er bestahl uns. Mutter erwischte ihn, als er die Glühlampen aus den Leuchten heraus drehte, um sie zu verkaufen.

Endlich zog er aus unserem Haus aus. Wir Kinder waren froh darüber, atmeten erleichtert auf.

Durch die Schläge mit dem Gartenschlauch war mein Arm zuerst steif und danach wochenlang blau und grün von den Blutergüssen. In den ersten Tagen nach den Schlägen ging ich nicht zur Schule. Später musste ich dem Lehrer sagen, dass ich die Treppe herunter gefallen sei. Meine Mutter hat mit mir keinen Arzt aufgesucht, mich nicht tröstend in den Arm genommen.

In unserer näheren Nachbarschaft wohnte Irene, eine Schulfreundin aus der ersten Klasse der Volksschule. Ihre Großmutter mochte mich gern und hat mit Sicherheit geahnt, was mit meinem Arm los war. Bei meinem täglichen Besuch dort, spuckte sie auf den Arm und massierte ihn vorsichtig und liebevoll. Dabei murmelte sie unverständliche Worte vor sich hin. Es war ein beruhigender Singsang.

Frühling 1946 - Endlich wurde es wärmer. Schon war die erste Saat aufgegangen, und wir Kinder wurden zum Verziehen der Rüben in die Dörfer geschickt. Viele Menschen aus der Stadt standen am Rand der Felder und warteten bis der Bauer kam. Dieser verteilte Säcke, wenn man keinen eigenen mitgebracht hatte. Er zeigte uns Städtern, welche Pflanzen herausgezogen und welche stehen bleiben sollten. Zum Wachsen einer Rübe, sollte immer die größte Pflanze stehen bleiben.

Ich hatte einen Sack mitgebracht und wenn der Bauer nicht hinsah, zog ich größere Pflanzen heraus, damit der Sack schneller voll würde. Die herausgezogenen Pflanzen konnten wir mitnehmen, es war der Lohn für das Rübenverziehen. Davon kochte unsere Mutter, wie viele andere Städter auch, täglich Rübenblätter. Einmal als Spinat, einmal als Kohlsuppe.

Auf Lebensmittelmarken gab es auch Salzgemüse oder getrocknete Kartoffelschalen. Wie glücklich waren wir, als es im Garten wieder etwas zu ernten gab, und dass wir überhaupt einen Garten besaßen.

Mit dem Rhabarber fing es an. Wir Kinder verzehrten ihn aus Hunger schon roh und bekamen heftige Bauchschmerzen davon. Auch Melde und Löwenzahn standen auf unserem Speisezettel.

Kranke und Kinder, auch wir, erhielten zusätzlich Milch- und Buttermarken. Das nutzte Mutter aus und verkaufte einen Teil der begehrten Lebensmittelmarken.

Uns Kindern fehlten dann Milch und Butter, wir waren alle unterernährt. Mutter leistete sich von dem Markenverkauf Bohnenkaffee vom Schwarzmarkt. Schwarzmärkte gab es nach dem Krieg überall, auch in unserer Siedlung.

Oft musste ich zu einer Adresse in der Siedlung gehen, um den Bohnenkaffee zu kaufen. Das waren grüne Kaffeebohnen, die in der Bratpfanne geröstet wurden. Es gab den Kaffee nur in kleinen Mengen zu zehn oder zwanzig Gramm in kleinen, braunen Tüten.

Wenn der Kaffeeduft durch das Haus zog, war Mutter glücklich.

Sie brühte das Kaffeemehl in einer dekorativen Porzellankanne auf und verschloss den Ausguss der Kanne mit einem Papierstopfen. So könnte das Aroma nicht verfliegen, sagte sie.

Wenn es andere Lebensmittel, auch einmal Ölsardinen, auf dem Schwarzmarkt gab, versuchten wir diese ebenfalls einzukaufen.

Später gab es dort auch hauchdünne Nylontücher, Schals und Perlonstrümpfe.

Eines Tages tat Mutter sehr geheimnisvoll. Sie zog uns Kindern die besten Sachen an, sagte es würde Besuch kommen. So war es auch und später, als der Herr weg war, sagte sie: „Das war Fritz Künne, er wird bei uns als Untermieter einziehen. Er hat mit Kost und Logis gemietet und einen Monat im Voraus bezahlt, vielleicht fällt da auch etwas für uns ab. Seine Lebensmittelkarte müsste er noch abgeben."

Mir hat er gleich gefallen, er wirkte so ruhig und sanft. Er würde mich bestimmt nicht schlagen. Am nächsten Tag fuhr ein großes Auto vor.

Ich dachte, es gehöre Herrn Künne und wir Kinder könnten einmal im Auto mitfahren. Als ich danach fragte, schickte Mutter mich weg, ich sollte im Garten spielen. Der neue Untermieter war nicht allein gekommen.

Das Auto gehörte Frau Wittenbecher, der Schwester von Herrn Künne. Herr Wittenbecher war ebenfalls mit dabei. Mit seinen grauen Haaren und korpulentem Körper machte er einen gütigen Eindruck auf mich.

Herr Künne, den wir Onkel Fritz nennen sollten, erzählte, dass seiner Familie eine Druckerei gehörte und alle in der Familie zusammenhalten würden. Deshalb halfen sie ihm beim Einräumen seines Zimmers. Es war Mutters Schlafzimmer, das er gemietet hatte. Ein schräges Zimmer unter dem Dach. Gegenüber lag das Kinderschlafzimmer, wir waren zu Dritt.

Im Untergeschoss des Hauses befand sich ein kleiner Flur, die Toilette mit Donnerbalken, die Küche und die gute Stube. Von der Küche aus gab es eine Tür, die führte in den Stall, der sich im Wohnhaus befand.

Dieser war inzwischen zu einem Wohnraum umgebaut worden und eine Tür führte in den Hinterhof zum großen Garten. Im Sommer war das unsere Wohnküche. Für mich ideal, wenn ich mich in den Garten schleichen wollte, musste ich nicht durch die Haustür gehen.

Spät am Abend, wenn uns Kinder wieder einmal der Hunger plagte, pflückte ich Obst von den Bäumen. Oft waren die Äpfel und Birnen noch nicht reif. Außerdem sollte das Obst nach der Ernte verkauft werden.

Da Mutter, wenn sie überhaupt da war, am Hauseingang in der Laube saß, bemerkte sie mich und meine Aktionen nicht. Mein Bruder und die Schwester waren jünger, so sorgte ich für uns Drei.

Ein Bild ist mir noch immer vor Augen: Es war ein Sommergewitter. Ich saß auf der Türschwelle des „Stalles" und betrachtete staunend die Blitze am dunklen Sommerhimmel. Bei den Donnerschlägen hielt ich mir die Ohren zu. Der Regen floss in Strömen herab und wurde gierig von der Erde verschluckt. Ich atmete den frischen Duft der Kräuter und Blumen aus dem Garten mit Wonne ein. Das liebte ich schon als Kind.

Sobald das Gewitter vorüber war, gingen wir Kinder hinaus auf die Straße.

Der > Soltauer Weg <, unsere Straße, fiel leicht ab, das Regenwasser floss als Bach herunter. Barfüssig tobten wir in dem lauwarmen Regenwasser. Es war herrlich, Wasser und Erde zu spüren.

Wie amüsierten wir Kinder uns, als eine Tante zu Besuch kam und nicht durch das Wasser waten wollte. Sie hatte Bewohner aus der Siedlung überredet ihr zu helfen trocken zu uns zu gelangen. So bot sich uns ein köstliches Bild dar. Die Tante, ein Stadtkind, stand kerzengerade im Handwagen. Ein großer Sonnenhut zierte den dauergewellten Haarschopf. Wir Kinder lachten beim Anblick der zwei lustigen Knaben, die den Wagen durch die aufspritzenden Pfützen zogen.

Das gefiel ihr alles nicht, doch das köstliche Mittagessen in der Familie machte es wieder gut.

Durch den Einzug von Onkel Fritz würde sich einiges ändern, denn unsere Mutter hatte in der Sommerküche, Stall durften wir nun nicht mehr sagen, ihr Bett aufgeschlagen. Es war deshalb nicht mehr möglich, unbemerkt in den Garten zu gehen, diese Tür blieb uns Kindern ab sofort verschlossen.

Mit meiner Meinung, dass Onkel Fritz ein gutmütiger und sanfter Mensch wäre, behielt ich Recht. Er war sehr gebildet, besaß gute Bücher und brachte mir das Schachspielen bei. Wenn er die Zeit dafür hatte, sah er sich meine Hausaufgaben an. Soviel ich weiß, war er gelernter Kaufmann.

Nach dem Krieg und damit verbundener Krankheit konnte er damals vorerst nur als Pförtner in einem Pelzlager arbeiten. Das Lager war in der Ritterstraße in Leipzig. Wenn er am Sonntag Dienst hatte, musste ich ihm ab und zu einmal das Mittagessen bringen. Das war ein Vergnügen für mich.

Wir wohnten in Leipzig - Mockau, und so fuhr ich mit der Straßenbahn in die Innenstadt.

Er gab mir das Geld für den Fahrschein. Immer hatte Onkel Fritz eine Kleinigkeit zu essen für mich übrig. Außerdem interessierte er sich für meine kindlichen Interessen, wozu auch das Lesen gehörte.

Da ich keine eigenen Bücher besaß, schenkte er mir das Buch: >Als ich noch ein Waldbauernbub war<, von Peter Rosegger, mein erstes eigenes Buch!

Onkel Fritz lieh mir noch andere Bücher aus. Es waren keine Kinderbücher, doch mir war alles recht, wenn ich nur lesen konnte.

Meine Mutter war oft böse darüber, sie sagte, ich würde mir die Augen verderben. Mit ihr ging er manchmal aus. Später erzählte sie, dass sie in die Christengemeinschaft gingen. Sie beschwerte sich, dass er zu ihr geizig sei, aber dort größere Geldbeträge spendete. Ich wollte davon nichts hören und auch mitkommen. Von uns Kindern war ich die Einzige, die er mitnahm.

Ich ging in die Kindergruppe der Christengemeinschaft, lernte Blockflöte spielen und malte Heiligenbildchen. Meine Geschwister lachten mich deshalb aus, auch Mutter hänselte mich. Es begann die Zeit, wo ich merkte, dass ich anders als die Geschwister war.

Ich weinte viel, was alle wieder ausnützten und mich oft zum Weinen brachten.

Als wir einmal mit Gästen in der Gartenlaube saßen, sagte Mutter: „Ruth, Ruth, auf deinem Kopf ist eine Raupe". Ich schrie und schlug um mich und alle lachten. Meine Mutter sagte nur: „Das sieht doch so niedlich aus, wenn Ruth weint." Das war nur ein Fall von vielen. Meine Halbgeschwister und Mutter ärgerten mich oft.

Im Sommer vor den Schulferien kamen die Schwester und der Schwager von Onkel Fritz zu Besuch. Sie ließen wie schon oft durchblicken, dass sie mich gern hatten und dass sie ein großes Haus mit Garten in Gohlis bewohnten. Gohlis ist ein Stadtteil von Leipzig mit besonders schönen Häusern und viel Grün. Von den Kaninchen und Hühnern erzählten sie auch. Alles hörte ich mit großem Interesse.

Ruth könnte doch in den Ferien zu uns kommen, sagte Herr Wittenbecher zu meiner Mutter.

Frau Wittenbecher, eine elegante, selbstbewusste Frau, stimmte ein: „Das wäre wunderbar, sie könnte etwas im Haushalt helfen, dafür kann sie bei uns schlafen und essen." Sie nahm mich auf ihren Schoß: „Was meinst du, mein Engel?"

„Wir haben noch ein Fahrrad im Keller, kannst du Radfahren?" fragte mich Herr Wittenbecher.

„Ja, ich habe nur kein Fahrrad, gern würde ich zu ihnen mitkommen", antwortete ich leise und sah Mutter fragend an.

Meine Mutter sagte, sie sei froh, dass ich einmal etwas anderes erleben könnte.

Am nächsten Tag holte Herr Wittenbecher mich mit dem Auto ab. Es war die erste Autofahrt in meinem Leben. Im Sommer 1946, wer besaß da ein Auto, das war etwas ganz Besonderes. So ganz besonders stellte ich mir nun mein weiteres Leben vor.

Dass Frau Wittenbecher vorher ihr Dienstmädchen entlassen hatte, das wusste ich nicht. Wie ich hörte, war sie eine Meisterhausfrau und hatte während des Krieges Mädchen im Pflichtjahr zur Ausbildung. Nun konnte sie mich, die Neunjährige ausbilden und als Dienende benutzen.

Eine neue aufregende Zeit begann. Ich bezog staunend ein Dachzimmer in der Villa. Es war gut möbliert, da es auch als Gästezimmer diente.

Ein wunderschöner alter Schreibtisch stand im Raum. Das gut gefüllte Bücherregal sah ich als großen Reichtum an und streichelte wieder und wieder das schöne Holz der Möbel. Ich war sehr, sehr glücklich.

Da Wittenbechers oft Gäste hatten, gab es für mich genug Arbeit. Wenn Westbesuch kam, wurde ich allerdings bestimmt und streng in die große Küche oder Waschküche verwiesen.

Die Gäste brachten immer besondere Ware, die es in der DDR nicht gab, aus Westdeutschland mit. In den Badezimmern, die ich reinigen musste, gab es dann wunderbare Düfte. Ich steckte meine Nase heimlich in die dort hängenden Bademäntel und roch an den Seifen. Vom Toilettenpapier war ich entzückt und steckte einige Blättchen in die Schürzentasche. Oben in meinem Gästeklo, gab es nur Zeitungspapier. Immerhin an einem ordentlichen Haken. Ich musste dafür die Zeitungsblätter zurechtschneiden und auf Bindfäden aufziehen.

Mein Tag begann trotz Schulferien früh. Im Sommer gab es in den Bädern kein warmes Wasser. So machte ich es im Kessel auf einem Herd heiß, goss es in Wärmebehälter und belieferte damit die Hausgäste.

Am Wochenende, oder wenn erwünscht, wurde im Badeofen ein Feuer angezündet. Nachdem alle ihr warmes Wasser hatten, fütterte ich die Tiere.

Die Hühner waren in einem Keller des Hauses stationiert. Die Kaninchen hatten im Garten ihre Ställe. Beim Ausmisten musste ich auch helfen. Es war üblich nach dem Krieg, Tiere zu halten. Wer das konnte, war schon reich.

Danach deckte ich den Frühstückstisch und konnte endlich auch etwas zu mir nehmen. Sehr selten kam es vor, dass das Ehepaar Wittenbecher mit mir zusammen frühstückte. Nur in Ausnahmefällen, wenn sie einmal mit mir reden wollten, saßen wir zusammen.

Alle Hausarbeiten die ich noch nicht konnte, wurden mir von Frau Wittenbecher beigebracht. Obwohl sie und ihr Mann sich als meine Pflegeeltern ausgaben, musste ich sie siezen.

Bald konnte ich all ihren Wünschen gerecht werden. Ich erledigte die mir aufgetragenen Arbeiten im Haus und im Garten.

Wieder einmal hatten wir mehrere auswärtige Gäste zum Mittagessen, und da passierte es. Ich trug die leere, noch immer schwere Suppenterrine in die Küche. Als ich sie ausspülen wollte, glitt mir das weiße gute Porzellanstück aus den Händen. Klirrend breiteten sich die Scherben auf dem Steinboden aus. Das war sehr schlimm.

Nach dem Spülen des Geschirrs schickte mich Frau Wittenbecher weg. Ich sollte zu meiner Mutter fahren und bräuchte nicht zurückzukommen, sagte sie.

Mit dem Fahrrad war die Siedlung in einer halben Stunde zu erreichen. Weinend kam ich in Mockau an.

Mutter saß in der Gartenlaube und war erstaunt mich zu sehen. Sie tröstete mich wortreich, dabei fällt mir ein, dass sie mich nie in ihre Arme nahm. Auch in den späteren Jahren nicht.

Einmal hörte ich sie zu einer Tante sagen: „Ich liebe dieses Mädchen nicht, habe sie nie gewollt."

Wie sehr hatte ich ein wenig Wärme vermisst, die Liebe einer Mutter überhaupt. Nie kam ich darüber hinweg und weiß, dass sich diese Liebe nie nachholen lässt. Viele Jahre habe ich danach gesucht und immer mütterliche Freundinnen gefunden.

An diesem Sommertag schrieb sie an Herrn und Frau Wittenbecher einen Brief, dass sie es mit mir noch einmal versuchen möchten. Obwohl ich nicht zurück wollte, konnte Mutter mich dazu überreden. Da der Brief nicht verschlossen war, las ich ihn unterwegs.

Sie schrieb, dass sie froh sei, nicht auch noch für mein Essen sorgen zu müssen. Sofort erwachte in mir der Gedanke zu helfen und ihr nicht auf der Tasche zu liegen. Da es in der DDR nur Unterhaltsgeld für die Kinder gab, hatte sie durch mein Leben bei den Wittenbechers, etwas Geld für sich.

Dieser Gedanke hielt die ganzen Jahre bei mir an und ließ mich vieles ertragen. Auch, dass ich für sie nur lästig und eine ungeliebte Tochter sei, hat sie noch oft und in meinem Beisein gesagt.

Tapfer meldete ich mich am Abend des besagten Tages bei den Pflegeeltern und bat um Verzeihung für mein Missgeschick. Ich konnte vorerst bleiben.

Wittenbechers hatten eine Tochter und einen Enkel. Die Tochter Lea war mit dem Komponisten Dr. Hans Müsig verheiratet. Wenn sie mit dem fünfjährigen Sohn zu den Großeltern kamen, erging es mir nicht gut. Ich musste mit Felix spielen und seine Wünsche erfüllen. Er wollte immer, dass ich das Pferd bin und er auf meinem Rücken reitet.

Die Erwachsenen fanden das toll, auch wenn er mich mit einem Stock oder seiner mitgebrachten Gerte schlug. Besonders Herr Wittenbecher hatte seine Freude daran und ermunterte seinen Enkelsohn mich herumzujagen. Obwohl ich älter und stärker war, wehrte ich mich nicht.

Als die Sommerferien zu Ende waren, meldete mich Herr Wittenbecher in der Schule in Gohlis an. Er war ohne mich zu fragen zu meiner Mutter gegangen, und hatte sich das Einverständnis geben lassen. Meine Mutter war froh darüber, so konnte sie die für mich bestimmte Fürsorge, die es vom Jugendamt gab, für sich behalten und musste keiner Arbeit nachgehen. Sie war zu dieser Zeit sechsunddreißig Jahre alt. Zwei Kinder waren noch im Haushalt.

Jetzt begann für mich eine schwierige Zeit. Ich war erst neun Jahre alt. Am Morgen vor dem Schulgang hatte ich alle Aufgaben, auch das Füttern der Tiere und das Putzen der Schuhe für die Bewohner und Gäste zu erledigen.

Wenn ich aus der Schule kam, gab es sofort nach dem Essen andere Arbeiten. Arbeit auch im Garten. Zur Zeit der Obsternte saß ich oft noch bei Dunkelheit vor dem Haus unter alten Bäumen und putzte das geerntete Obst, bereitete es zum Einkochen vor.

Das Ausbessern der Wäsche und Stopfen von Strümpfen erledigte ich im Freien. An schönen lauen Sommerabenden gefiel es mir. Es war immer spät, wenn ich in mein Dachzimmer kam und die Hausaufgaben erledigen konnte. Diese wurden von den Pflegeeltern nie kontrolliert.

Im Haus Wittenbecher gab es wieder einmal eine größere Feier, und ich konnte an diesem Abend keine Hausaufgaben machen. Ich sagte Herrn Wittenbecher, dass ich einen Aufsatz über den Frieden schreiben müsste. Er versprach, mir am nächsten Tag zu helfen. Am frühen Morgen vor der Schule diktierte er mir tatsächlich den ganzen Text.

Als der Aufsatz zurückgegeben wurde, musste ich mit dem Lehrer zum Direktor gehen. Der Direktor sagte, dass ich den Aufsatz nicht allein geschrieben haben könnte. Ich gab es zu und Herr Wittenbecher wurde in die Schule bestellt.

Ich fand den Aufsatz toll, besonders den Schluss-Satz: „Schon vor Christus sangen die Engel im Himmel, Friede auf Erden und den Menschen ein Wohlgefallen."
Dieser Text war natürlich in der DDR nicht erwünscht und im Aufsatz unzulässig. Er konnte kaum von mir sein.

Wittenbechers hatten im Garten neben dem Haus Tabak und Mohn angepflanzt. Der Mohn wurde ausgesät, musste wachsen und von Hand verzogen werden. Auch diese Arbeit hatte ich nach der Schule zu verrichten.

Es war im Jahr 1947, ich immerhin schon zehn Jahre alt. Ein heißer Sommernachmittag, kein Schatten auf den Beeten, als mir bei dieser Arbeit übel wurde. Alles drehte sich, mir wurde schwarz vor Augen. Erst wenn die Arbeit erledigt war, durfte ich wieder in das Haus kommen. Zum Glück gab es im Garten ein Wasserklo. Daraus schöpfte ich mit der Hand das kühle Nass und benetzte mir Stirn und Hals, bis es mir besser ging.

Dass andere Kinder in diesem Alter spielen könnten oder Kinderarbeit in der DDR verboten sei, der Gedanke kam mir nie.

Zu meiner großen Überraschung stellte Frau Wittenbecher ein Hausmädchen ein. Ich sollte entlastet werden, sagte sie.

Die Neue, Helga war neunzehn Jahre alt und sehr nett zu mir. Unter dem Siegel der Verschwiegenheit sagte sie, dass das Jugendamt im Haus war. Nachbarsleute hatten die Pflegeeltern angezeigt, sie beobachteten des Öfteren, dass ich noch bei Dunkelheit im Freien arbeitete.

Mit mir hatten die Beauftragten vom Jugendamt nie gesprochen. Nach den Herbstferien kam ich zu anderen Pflegeeltern. Auch dort gab es mehr Arbeit als Liebe.

Neue Pflegeeltern

Da Wittenbechers am Samstag eine größere Feier hatten, musste ich noch bis zum Abend bleiben. Die Tische decken, Gäste bedienen und anschließend das Geschirr spülen.

Dann war es endlich so weit, ich konnte meine Sachen zusammenpacken. Es passte alles auf den Gepäckträger des Fahrrades. Das Rad wurde mir ausgeliehen, ich sollte es bald zurückbringen. Schade, nicht einmal das konnte ich behalten. Einen Lohn für meine geleistete Hilfe über mehrere Monate bekam ich auch nicht.

Nebel senkte sich auf die mit Herbstlaub bedeckte Fahrbahn. Die Straße war feucht und rutschig. Ich, die Zehnjährige, radelte mit sehr ängstlichen Gefühlen zu den neuen Pflegeeltern. Sie waren mir von einem ersten Besuch bekannt. Vorstellungen, was mich erwartete oder wie sich mein weiterer Lebensweg gestalten würde, hatte ich keine.

Das Haus, eine Jugendstilvilla in bestem Zustand, befand sich in einer breiten Straße in Gohlis. Lindenbäume und Sträucher zierten einen großen Platz zwischen den Häusern. Es gefiel mir sehr, was ich in der Dunkelheit sah. Mir kam es sonderbar still vor, Stille auch in mir, als ich zaghaft auf den Klingelknopf drückte.

Frau Linda Fischer, ich sollte sie Tante Li nennen, kam die Treppe herunter und zeigte mir den Keller für das Fahrrad. Mit meinen wenigen Habseligkeiten kam ich allein zurecht und nach oben.

Durch eine zweiteilige Eingangstür aus hellem Holz betrat ich die große Diele.

Während die neue Pflegemutter mir den viel zu kleinen Wintermantel abnahm, bemängelte sie, dass mich die Familie Wittenbecher erst zu so später Stunde entlassen habe.

In der Küche begrüßte mich Herr Erich Fischer, ein gut aussehender Mann, und sagte, er sei mein Pflegevater Onkel Erich. Leider müsste er an diesem Abend sofort zum Nachtdienst. Er war Schallarchivleiter im Leipziger Rundfunk, es gab an diesem Samstag das große Wunschkonzert.

Tante Li zeigte mir die große Wohnung, ich staunte. Wohnzimmer, Kinderzimmer, Schlafzimmer, Küche, Bad und die riesige Diele. Ein Gästeklo und Balkon kamen dazu. Die gesamte Ausstattung war umwerfend schön, es roch nach Wohlstand. Im Jahr 1947, also kurz nach dem zweiten Weltkrieg, wo die Wohnungsnot noch immer groß war. Ich konnte nur staunen.

Im Kinderzimmer schlummerte der Säugling Christine. Fischers hatten das Mädchen vor einigen Wochen vom Jugendamt bekommen, sie sollte von ihnen adoptiert werden. Das war der Hauptgrund, warum sie auch mich aufnahmen, sie benötigten mich als Kindermädchen und Hilfe im Haushalt.

Ohne zu wissen, was auf mich zukommen würde, war ich vom ersten Augenblick oder besser gesagt vom Anblick des Kindes entzückt. Leise verließen wir das Kinderzimmer.

Ich schrak zusammen, als Tante Li mit lauter Stimme sagte: „Ruth, du wirst die eine Nacht in der Diele schlafen, ab morgen in der Bodenkammer.

Jetzt essen wir in der Küche zu Abend, danach werde ich dich gründlich waschen."

Ich sah sie ängstlich an. Ihre Lippen waren zusammengekniffen, sie wirkte hart. Warum wollte sie mich waschen, ich war doch sauber.

Nach dem Essen steckte sie mich tatsächlich in die Badewanne und schruppte meinen kleinen dünnen Körper kräftig ab. Samstag sei immer Badetag, erklärte sie dabei. Es tat mir gut, als sie mich noch eine kurze Zeit in der Badewanne ruhen ließ, fast wäre ich vor Müdigkeit eingeschlafen. Danach nahm sie mich mit in das große, mit wertvollen, alten Möbeln eingerichtete Wohnzimmer.

Ein dunkelgrüner Kachelofen strahlte wohlige Wärme aus. Es duftete nach Kiefernholz und Tannenzapfen. Tante Li stellte mich auf die gepolsterte Ofenbank und trocknete mich ab. Anschließend hüllte sie mich in eine weiße Wolldecke.

Da ich Zuwendungen solcher Art nicht kannte, stellte sich schnell ein Glücksgefühl ein. Vielleicht könnte ich mich in dieser Familie geborgen fühlen, irgendwie ankommen.

Als Bett für den ersten Abend diente mir eine riesige Truhe in der Diele. Der Deckel war eine Art Polsterbank. Trotz Übermüdung fand ich lange keinen Schlaf. Schatten im Garderobenbereich konnte ich nicht einordnen, ein Lichtstrahl drückte sich durch die Ritze der Eingangstür. Ich fühlte mich so allein.

Am nächsten Tag erlebte ich die erste unangenehme Überraschung. Das große Kinderzimmer war nur für die sechs Monate alte Christine bestimmt. Sie wurde wie eine Prinzessin behandelt.

Mein Zimmer, wenn man es Zimmer nennen konnte, war auf dem Dachboden des Hauses.

In der Bodenkammer gab es kein elektrisches Licht. Durch die Bodentür kam ich an eine Lattentür, die in die Bodenkammer führte.

Schräge Wände, ein Eisenbett, ein Schrank, der auch für Altkleider diente, ein Regal mit Einweckgläsern und ein Obstregal füllten den Raum. Die Dachluke ließ sich öffnen. Oft hielt ich meinen Kopf in die Nachtluft und versuchte die Sterne zu sehen. Manchmal wehte mir der Wind Regentropfen oder Schneeflocken in das Gesicht, meine Wangen wurden feucht.

Abends ging ich mit einer brennenden Kerze vorsichtig nach oben. Die Kleidung blieb in der Wohnung, ich hatte über dem Nachthemdchen den zu kleinen dicken, graugrünen Wintermantel an.

Dieser Mantel wurde für mich nach dem Krieg aus einem gebrauchten Militärmantel genäht.

Viele Nächte fürchtete ich mich in der ungemütlichen Bodenkammer. Nach dem Löschen der Kerze kamen mir die Schatten an den Wänden und der Decke unheimlich vor. Am schlimmsten war es bei Wind und Regen. Regentropfen trommelten auf die Dachziegel und die Luke. Wind und Sturm ließen die dünne Lattentür erzittern.

Jeden Morgen klopfte Onkel Erich an die äußere Bodentür und wartete bis ich antwortete: „Ich bin auf und komme." Einen Wecker besaß ich nicht.

Es gab immer ein ausreichendes Frühstück, und ich kam pünktlich in die Schule in Gohlis. Wir nannten sie die >Rote Schule<. Dass ich genug Kleidung und gute Umgangsformen hatte und lernte, was erforderlich war, dafür sorgten die neuen Pflegeeltern. Sofort nach dem Mittagessen konnte ich die Hausaufgaben erledigen.

Onkel Erich sah sie am Abend an. Darüber war ich sehr froh, denn Schulbildung war mir wichtig.
Die restliche Zeit des Tages hatte ich im Haushalt zu helfen und Christine zu betreuen. Christine wurde nach erfolgter Adoption rundum verwöhnt.

Wie ich aus einem Gespräch der Pflegeeltern mit dem Rechtsanwalt des Hauses vernahm, war Christines Name vor der Adoption, Monika Müller.

Mich wollten sie auf keinen Fall adoptieren, ich war die Dienende.

Es gab auch einige schöne Erlebnisse und kleine Freuden. Vor ihren Verwandten und Bekannten putzten sie mich heraus, kauften mir schöne Kleider. In der Nachbarschaft galt ich als ihre Tochter.

Mit zehn Jahren nahmen sie mich zum ersten Mal mit in ein Sinfoniekonzert. Meine dicken langen Haare wurden von Tante Li zu einem Mozartzopf geflochten und mit einer großen, schwarzen Taftschleife geschmückt. Ein dunkelblauer Trägerrock, sie hatten ihn extra für mich schneidern lassen, und eine weiße Bluse ließen mich festlich aussehen. Zu Ostern und Weihnachten nahmen sie mich mit in die Thomaskirche in Leipzig. Die Konzerte des Thomaner-Chores gefielen mir sehr gut. Ich habe sie nie vergessen, es sind die schönsten Erinnerungen an meine Kindheit bei den Pflegeeltern.

Leider war Tante Li sehr launisch. Wenn ihr etwas nicht gefiel und auch Onkel Erich nicht ihrer Meinung war, bekam sie ihre Anfälle und lag plötzlich in der Diele auf dem Parkettboden.

Zum Beispiel, wenn ich aus Freude an der Musik am Klavier übte und versuchte einige Lieder zu spielen. Leider wurde es mir von ihr verboten, das Klavier verschlossen. Das Gleiche geschah mit der vorhandenen Schreibmaschine. Nur was für die Schule nötig war, durfte ich machen.

In den Jahren bei den Pflegeeltern konnte ich niemals mit anderen Kindern zum Spielen in den Park gehen. Wenn ich Christine im Kinderwagen ausfuhr, war ich froh, dass sich einige Male eine Schulfreundin zu uns gesellte. Dann schoben wir gemeinsam den Wagen oder setzten uns auf eine Bank.

Als die Pflegeeltern einmal wieder verreist waren, ließ ich ein Mädchen aus meiner Klasse in die Wohnung kommen, wir spielten mit Christine. Gut, dass sie mich nicht verpetzen konnte, sie sprach noch zu wenig.

Schon mit elf Jahren hatte ich oft die alleinige Verantwortung für das Kind, wenn die Pflegeeltern verreist waren. Zuvor ging Tante Li zu meiner Lehrerin in die Schule. In einer Thermoskanne brachte sie für die Lehrerin guten Kaffee, also Bohnenkaffee mit. Dazu oft Käsetorte. Beides war in der DDR nicht immer zu bekommen und teuer.

Nach dieser Kaffeestunde wurde ich selbstverständlich für einige Tage vom Unterricht befreit, um Christine zu versorgen.

Tante Li und Onkel Erich reisten oft nach Berlin. Onkel Erich erklärte mir, dass er im Sender Rias Berlin zu arbeiten hätte. Das sei erlaubt und dienstlich, auch wenn der Sender im westlichen Teil angesiedelt wäre. Also ein besonderes Privileg für ihn. Schnell hatte ich es bemerkt, dass sie in Westberlin einkauften.

Für Christine brachten die Pflegeeltern Kleidung, Süd-Früchte, Spielsachen und Schokoladenplätzchen mit.

Ich wusste, dass die Blechdose mit den Schokoladen-Plätzchen im Schlafzimmer unter den Ehebetten der Pflegeeltern stand. Da ich keine davon bekam, naschte ich ab und an davon. Meistens wurde ich dabei ertappt und bestraft.

An einem Abend, als die Pflegeeltern wieder einmal in Berlin waren, klingelte es an der Haustür. Ich schaute durch das Fenster nach unten und sah zu meiner Freude, Mutter vor der Haustür stehen. Natürlich ließ ich sie in die Wohnung.

Leider war die bunte Dose mit dem Bohnenkaffee weggeschlossen, ich konnte ihr nur den Muckefuck als Getränk anbieten.

Gemeinsam windelten wir Christine, fütterten sie und brachten sie in das Himmelbettchen. Danach half Mutter mir beim Stopfen von Strümpfen und Wäsche. Ich bekam immer viele Aufgaben zu erledigen. Mutter lobte, dass ich ein tüchtiges Mädchen sei und verließ mich spät in der Nacht.

Der Besuch und das Lob, hatten mir gut getan. Vielleicht konnte sie ihre Gefühle nicht zeigen und hatte mich trotzdem gern.

Die Pflegeeltern kamen von der Berlinreise zurück, ich erzählte voll Freude vom Besuch der Mutter. Zu meinem Entsetzen wurde ich ausgeschimpft: „Du solltest keinen Menschen in die Wohnung lassen, auch deine Mutter nicht. Wir verbieten es dir ein für alle Male", schrie mir Tante Li in das Gesicht.

Onkel Erich stand dabei und verzog keine Miene, er half mir nicht.

Eine Woche nach dem Vorfall kam eine Fürsorgerin vom Jugendamt.

Nach kurzer Begrüßung wurde ich aus dem Zimmer geschickt. Ich ahnte, dass es um mich ging. Tante Li bewirtete die Frau mit Bohnenkaffee und selbst gebackenem Weihnachtsstollen.

Sie führte sich immer so auf, wenn es um amtliche Regelungen ging, sie etwas erreichen wollte und damit auch Erfolg hatte. Danach wurde ich gerufen, um mich zu verabschieden.

Die streng aussehende Frau erklärte mir, dass ich keine Verbindung mit meiner Mutter haben dürfte. Der Umgang wäre für meine Erziehung und Entwicklung im sozialistischen Staat nicht gut.

Außerdem wären die Pflegeeltern sehr großzügig und würden auf das mir zustehende Fürsorgegeld verzichten. Das besagte Geld wurde vordem meiner Mutter ausgezahlt, und sie konnte es für sich verwenden.

Das war zwischen ihr und den Pflegeeltern bisher so geregelt. Von mir aus mit der Grund, bei den Pflegeeltern zu bleiben, um die Mutter zu unterstützen.

Nun sollte der Staat das Geld behalten. Die neue Wendung machte mich traurig, ändern konnte ich es nicht.

„Warum kann ich meine Mutter nicht besuchen, sie nicht sehen?" fragte ich verzweifelt Tante Li.

„Schlag dir diesen Gedanken aus dem Kopf, du kannst froh sein, hier bei uns zu wohnen. Erwähne sie nie mehr, sie hat uns bestohlen."

„Das glaube ich nicht, was soll sie gestohlen haben?", fragte ich schluchzend.

„Die Nylonstrümpfe aus dem Schlafzimmerschrank, als sie dich neulich am Abend besucht hat."

Ich verteidigte Mutter und glaubte es nicht. Die Pflegeeltern wollten nur keine Verbindung mehr. Mich, als billige Arbeitskraft, hatten sie nun sicher.

An einem der nächsten Wochenenden kam Mutter zu meiner großen Überraschung, doch noch einmal. Sie wurde von Onkel Erich empfangen. Ich hörte beide heftig streiten, es ging um das Fürsorgegeld für mich. Nur wenige Minuten konnte sie zu mir in die Küche kommen. Ich stand mit einem grauen Kittel bekleidet am Küchentisch und musste auf einer Metallreibe Meerrettich für den Wintervorrat reiben. Tränen liefen über mein Gesicht, es war nicht nur die Schärfe des Meerrettichs.

Einige Jahre später durfte ich Mutter einmal in der Stadt treffen. Sie erwähnte, dass es ihr sehr weh getan hätte, mich so erbärmlich in dem grauen Kittelchen zu sehen.

Sie sagte: „Ich konnte dich nicht zurückholen, und außerdem wohnt bei mir im Haus ein Mann mit seinen zwei Söhnen, da ist kein Platz für dich."

Das war nicht gerade aufbauend, zu wissen, dass andere Kinder im Haus und Garten sein konnten, ich die Tochter jedoch nicht. Hatte sie es in all den Jahren überhaupt versucht, mich zurückzuholen? Das habe ich immer bezweifelt.

Der Anlass des Treffens war meine bevorstehende Konfirmation.

Ostern 1951, ich wurde vierzehn Jahre. Nach einer Absprache mit den Pflegeeltern, sollte Mutter mir das Kleid für die Konfirmandenprüfung kaufen.

Wann und wo diese Absprache stattgefunden hatte, ich wusste es nicht.

Sie kaufte mit mir im HO-Kaufhaus, in der Innenstadt von Leipzig, ein kariertes Wollkleid. Die Auswahl im Kaufhaus war nicht groß. Ich bemerkte jedoch, dass es für Mutter ein gutes Gefühl war, einmal etwas für mich tun zu können. Zur Konfirmation durfte ich das Kleid jedoch nicht anziehen.

Die Prüfung war an einem Sonntag vor der Konfirmation, weder die Pflegeeltern noch meine Mutter waren zugegen.

Fischers hatten eine größere Feier geplant und von einem Schneider die Kleidung für mich nähen lassen. Ein dunkelblaues Kostüm für den Kirchgang und ein leichtes blaues Kleid für die Feier im Haus.

Dass sie meiner Mutter verboten hatten zur Kirche und Feier zu kommen, erfuhr ich später.

Auf die Konfirmation und die Feier freute ich mich sehr. Da ich in der Schule keinen Religionsunterricht hatte, hatten es Fischers noch in letzter Minute erreicht, dass ein Pfarrer mich in einem Schnellkurs vorbereitete. Durch Schulwechsel und da ich keinen Gottesdienst besuchen konnte, war es zu diesem Einzelunterricht gekommen.

Am Tag der Konfirmation hielt ich ständig Ausschau nach meiner Mutter und war froh, sie in der Kirche zu entdecken.

Als wir Konfirmanden aus der Kirche traten, drückte sie mir Glückwunschkarten in die Hand und sagte:

„Ich kann nicht mitkommen, denn zu Hause warten deine Geschwister und eine Patentante auf mich. Wir haben auch Kaffee und Kuchen. Geh zu deinen

Pflegeeltern, eine schöne Feier." Ob es die Wahrheit war, ich weiß es nicht, Fischers hatten sie nicht eingeladen.

Das Haus durfte ich allein nur zu bestimmten Zwecken wie Schulbesuch und Besorgungen verlassen. Deshalb war ich hoch erfreut, als sich eine besondere Gelegenheit ergab.

Unsere Schulklasse musste einen Raum für die Gesellschaft > Deutsch - Sowjetische - Freundschaft < herrichten. Der Raum befand sich in einer beschlagnahmten alten Villa in unserer Strasse.

Endlich konnte ich mit gleichaltrigen Mädchen und Jungen zusammen sein. Fröhlich strichen wir Wände, Türen und Fensterrahmen. Die Farben und Putzmittel wurden von der Schulleitung gebracht. Auch einfache Möbel kamen dazu.

Die FDJ-Leiterin der Schule, Gisela Merlin beaufsichtigte die Arbeit und war mit uns Jungen Pionieren fröhlich. Unsere Klasse gehörte ohne Ausnahmen zu den Jungen Pionieren.

Ich freundete mich sofort mit Gisela an, endlich hatte ich eine vertraute Person. Gisela machte das Abitur und wollte Medizin studieren. Sie war verlobt. In der DDR gab es in jeder Schule eine FDJ-Leiterin oder einen FDJ-Leiter. Auch später in der Gutenbergschule.

Aus dem Säugling Christine wurde ein süßer Fratz, ich liebte sie sehr. Was jedoch die Pflegeeltern mit ihr anstellten, gefiel mir nicht immer. Vor dem Mittagsschlaf wickelte Tante Li das dünne, rötliche Haar der Kleinen auf Lockenwickler. Damit musste Christine schlafen, um am Nachmittag einen Lockenschopf zu haben.

Oft wurde das Haar mit Zuckerwasser getränkt, damit die Locken steif wurden und länger hielten.

Es tat der Kleinen sehr weh, auf den Lockenwicklern zu schlafen.

Ich konnte es nachfühlen, denn einmal, als sie wieder mit mir angeben und ausgehen wollten, wurde auch mein Haar auf diese Weise behandelt.

Zwischen Tante Li und Onkel Erich gab es nicht nur darüber oder um mich Streit. Sie war sehr eifersüchtig auf alles Weibliche in seiner Umgebung. Vielleicht, weil er zehn Jahre jünger als sie war.

Ich reimte es mir zusammen, als sie ihm am Morgen auf dem Weg zur Arbeit mit der Straßenbahn hinterher fuhr. Am Abend gab es dann eine große Außeinandersetzung darüber.

Auch ich wurde von ihr misstrauisch beäugt, ohne zu wissen warum.

In dem Badezimmer gab es nur samstags warmes Wasser, wenn der Badeofen geheizt wurde. So musste ich mich am Abend und am Morgen in der Küche waschen.

Eine Waschschüssel wurde mit heißem Wasser aus dem Kessel vom Herd gefüllt. Am Morgen war nur Tante Li in der Küche, doch abends saß Onkel Erich oft bei einem Glas Tee dabei. Ich fühlte mich beobachtet und es wurde schlimmer, je älter ich wurde.

Nach einem Streit der Pflegeeltern, ich hörte meinen Namen nennen, wurde mir gesagt, ich könnte mit der Waschschüssel in das Badezimmer gehen.

„Du wirst nun langsam eine Frau", sagte Tante Li zu mir. Ich war erleichtert, auch wenn das Bad immer unbeheizt war.

Selten hatte ich Freude bei den Pflegeeltern. Des Öfteren das Gegenteil. Mir wurde gesagt, dass Tante Li es mit der Galle hätte, sie sollte sich nicht aufregen. Wenn Onkel Erich mich in Schutz nahm, gab es Streit und sie bekam dann ihre Kolik, wie mir schien immer auf Bestellung. Zum Beispiel wenn er mir das Üben am Klavier oder einmal im Winter das Rodeln erlaubte, fiel sie in der Diele lang hin. Wie es dazu kam, hatte ich nicht gesehen, sie lag einfach da.

Auch Prellungen oder äußere Verletzungen bemerkte ich nicht. Onkel Erich holte einen Arzt, wir mussten sie tagelang umsorgen.

Sofort als ich aus der Schule kam, machte ich ihr feuchte Umschläge. Sie nannte die Aktion feuchte Wärme.

Zu einer großen Auseinandersetzung kam es wieder einmal, als beide von einer mehrtägigen Reise aus Berlin kamen. Es war schon 22 Uhr, ich saß lesend in der Küche.

Tante Li rauschte herein: „Hast du alle Arbeiten erledigt, ich sehe kein Feuerholz, und wo sind die Eier, die du holen solltest?"

Ich rannte sofort in den Keller und schleppte einen Korb mit Feuerholz nach oben.

„Du solltest die Eier vom Opa holen, wir brauchen sie morgen zum Frühstück." Sie besichtigte den Vorratsschrank. „Und was ist das?"

Sie sah, dass ich fast die ganze Marmelade aus dem Glas gegessen hatte und sagte streng:

„Zieh dich an, nimm den Korb und lauf zu Opa die Eier abholen."

Zitternd sagte ich: „Es ist dunkle Nacht und so weit bis zum Haus am See, ich fürchte mich."

Bittend sah ich Onkel Erich an, er half mir an diesem Abend nicht, verließ stumm die Küche.

Weinend schlüpfte ich in meinen warmen Trainingsanzug und verließ die Wohnung.

Der Vater von Onkel Erich bewohnte mit seiner Frau eine Villa am See in Gohlis. Auch er gehörte als Rechtsanwalt zu den Privilegierten.

Wie viele Familien fütterten auch sie nach dem Krieg Hühner und Kaninchen, zur besseren Versorgung neben den Lebensmittelkarten. Meine Pflegeeltern bekamen oft etwas davon ab. Immer frische Eier.

Ich würde eine halbe Stunde gehen müssen und fürchtete mich, da der Weg durch den dunklen Park führte. Müdigkeit überfiel mich, nicht nur weil es Nacht war, ich war zu müde um zu leben.

So fasste ich den Entschluss, in den See zu gehen, nicht zu Opa.

Auf dem Weg zum See kam mir ein eng umschlungenes Paar entgegen.

Plötzlich blieben sie stehen und die Frau kam auf mich zu. Nun konnte ich sie erkennen, es war Gisela die FDJ-Leiterin aus meiner Schule.

„Was machst du Kind, mitten in der Nacht am See? Rolf komm her, hier ist meine kleine Freundin, ich habe dir von ihr erzählt."

Erleichtert fiel ich Gisela um den Hals und erzählte ihr, was vorgefallen war. Auch, dass Tante Li gesagt hatte: „Komm mir ja nicht ohne die Eier zurück. Raus, geh von mir aus zu deiner Mutter."

Mir fiel ein, dass ich gar nicht wusste, wo meine Mutter sich aufhielt. Gisela und ihr Verlobter Rolf, er studierte im zweiten Semester Medizin, sagten, dass das so nicht ginge. Man könnte ein Pflegekind nicht einfach auf die Straße setzen und das mitten in der Nacht.

Sie wussten keine andere Lösung, um mich davon abzuhalten in den See zu gehen und zu ertrinken, als mich zur Volkspolizei zu bringen.

Sie meinten auch, dadurch würden die Pflegeeltern belehrt werden, mich besser zu behandeln. Daran hatte ich allerdings große Zweifel.

Die Polizisten waren sehr nett zu mir kleinem Mädchen. Ich bekam heißen Tee zu trinken und eine graue Wolldecke umgehängt. Dann nahmen die Beamten ein Protokoll auf, das Gisela unterschrieb. Gisela und Rolf verabschiedeten sich kopfschüttelnd von mir und konnten gehen.

Ein Glück, dass Onkel Erich wegen seiner Anstellung im Rundfunk, ein Telefon zur Verfügung hatte. Das war in der DDR selten. So wurde er telefonisch informiert, um mich abzuholen.

Die Zeit verging, er kam und kam nicht. Die Polizisten gaben mir Brote zu essen und ich erzählte von den Pflegeeltern und meiner Mutter. Irgendwann bin ich dann auf der harten Holzbank eingeschlafen.

Durch laute Stimmen erwachte ich, es war am Morgen. Onkel Erich war endlich gekommen, um mich abzuholen.

Seine Antwort auf die Frage eines Polizisten, warum er jetzt erst käme:

Ich sollte merken wie es ist, wenn ich ungehorsam wäre und meine Aufgaben im Haushalt nicht erledigen würde.

Strafe müsste sein, mit dieser Feststellung verließ der Pflegevater mit mir die Polizeidienststelle.

1952 Ruth (1. von links) in Großsteinberg am See

Die Lehrstelle

Nach der Konfirmation stand die Frage meiner weiteren Entwicklung und einer Ausbildung im Raum. Ganz tief in meinem Inneren schlummerte der Wunsch, Malerin oder Redakteurin zu werden. Ein Studium nach dem Abitur, das war mein Traum.

Meine Pflegemutter lehnte es sofort ab, wenn das Gespräch darauf kam.

1950 besichtigten wir mit der Schulklasse die Druckerei: >Deutsche Graphische Werkstätten< in Leipzig. Bis 1945 war das die Druckerei Brandtstätter. Ich war begeistert von der >Schwarzen Kunst<, den Schriften im Besonderen. An den Wänden hingen ältere Plakate. Abbildungen von Gutenberg, dem Erfinder des Buchdruckes. Auf einem Plakat war eine Lithopresse zu sehen. Alles wurde auf unsere Fragen erklärt.

Ich erkundigte mich, ob Frauen zur Schriftsetzerin oder Buchdruckerin ausgebildet würden. Mein Glück, es waren schon Frauen in der Ausbildung und ich sagte, dass ich mich 1951 bewerben würde.

Das Gestalten und Schreiben war immer meine Passion und ein Studium der Publizistik, könnte sich nach der Lehrzeit anschließen. Vielleicht auch Malerei studieren.

Lebhaft und anschaulich erzählte ich den Pflegeeltern von der Besichtigung des Betriebes.

Unbedingt wollte ich in der Druckerei eine Lehre machen, dabei in der >Gutenbergschule Leipzig< die Hochschulreife erlangen, um danach ein Studium zu beginnen.

Die Pflegemutter, Tante Li, riss mich aus meinen Träumen: „Nein, nein Du bleibst hier bei uns und erlernst den Beruf einer Hauswirtschafterin."

Sie war in der NS-Zeit eine Meisterhausfrau und hatte immer Mädchen zur Ausbildung. Sie wollte einfach eine billige Haushaltshilfe haben.

Wochen nach Besichtigung der Druckerei kamen Angestellte vom Arbeitsamt zur Berufsberatung in die Schule. Nach einem ausführlichen Vortrag, wurden wir Schülerinnen und Schüler zu Einzelgesprächen in das Sekretariat gerufen. Da ich keine Möglichkeit sah, meine Wünsche bei den Pflegeeltern durchzusetzen, schloss ich mich meiner Schulfreundin Marga an. Sie wollte Lok-Führerin werden. Das war die Lösung, denn dazu kam man in ein Internat und ich könnte die Pflegeeltern verlassen. Wie schwer diese Arbeit körperlich sein könnte, wusste ich nicht.

Am Ende des Beratungsgespräches, die Berater waren entzückt über meine Entscheidung als Mädchen diesen Beruf zu erlernen, bekam ich die Unterlagen für die Pflegeeltern mit nach Hause.

Das ergab einen mir unvergesslichen Abend. Tante Li bekam wie geplant in schwierigen Situationen ihren Gallenanfall und Onkel Erich war danach nahe am Nervenzusammenbruch. Sich gegen die Berufsberatung und meine Wünsche aufzulehnen, war im DDR-Regime nicht ganz einfach. Damit hatte ich gerechnet und versuchte vorerst einzulenken.

Onkel Erich ließ sich nach Tagen auf meine Bitten ein, mit mir in das Arbeitsamt zur Berufsberatung zu gehen.

Wenn es eine Lehrstelle nach meinen Vorstellungen geben sollte, würde ich die Bewerbung, für den Beruf zur

Lokführerin zurück nehmen.

In der Berufsberatung wurde erklärt, dass ich zuerst einen praktischen Beruf erlernen müsste, um Publizistik studieren zu können. Mein Vorschlag, mich vorerst als Schriftsetzerlehrling zu bewerben, wurde akzeptiert.

Wir gingen noch am gleichen Tag in die Druckerei, konnten den Betrieb besichtigen und unterschrieben die Bewerbung. Mir fiel ein Stein vom Herzen, nun konnten die Pflegeeltern nicht mehr zurück. Alles war mir lieb, nur nicht lebenslang Haushaltshilfe zu sein.

Wie Onkel Erich das Ergebnis seiner Frau beibrachte, sie überzeugte, dass diese Lehre für mich in Frage käme, ich wusste es nicht. Auch nicht, ob sie tatsächlich erneut Galle spuckte.

Von dieser Zeit an hat sie mich allerdings noch mehr gegängelt. Es kam oft vor, dass ich durch Prüfungen in der Hauptschule weniger Zeit hatte, um im Haushalt zu helfen.

Endlich, meine Freude war riesengroß, als ich im August 1951 die Lehre antreten konnte. Die Aussicht, als Volontärin mehrere Abteilungen zu durchlaufen, fand ich toll. Wir waren vier Mädchen und drei Jungen für das erste Lehrjahr zur Ausbildung zu Schriftsetzerinnen und Schriftsetzern. Es gab noch die Kolleginnen und Kollegen vom zweiten und dritten Lehrjahr. Zehn Schriftsetzergehilfen und den Kalfaktor, sowie einen Korrektor. Wir Lehrlinge wurden dem Meister, Herrn Pauli unterstellt.

Die erste Aufgabe war das Setzen des Lebenslaufes. Das dauerte länger als einen Tag. Später, als ich es gelernt hatte, dauerte ein Text in diesem Umfang zirka zwei Stunden.

Mit Hilfe einer Tiegeldruckpresse wurde der Bleisatz auf Papier abgezogen. Beeindruckend, der erste Druck in meinen Händen.

Nach einigen Tagen wurde ich zum Leiter der Setzerei in das Büro gerufen. Er war erstaunt über den Inhalt meines Lebenslaufes. Ich erzählte, dass ich seit Jahren bei Pflegeeltern untergebracht sei. Das erwies sich als gut, denn mehr als einmal konnte er mir behilflich sein und hatte Verständnis für mich. An vier Tagen in der Woche arbeitete ich im Lehrbetrieb und an zwei Tagen in der Gutenbergschule. Diese Fachschule wurde später in >Otto Grotewohl Schule< umbenannt. Da war ich nicht mehr in Leipzig.

Wir hatten gute Lehrer und Lehrmeister, die meisten waren älter und hatten nicht am zweiten Weltkrieg teilnehmen müssen. Es gab wegen Mangel an Fach-Lehrern keine Altersbegrenzung.

Praktische Arbeiten im Satz, Druck und in der Buchbinderei gehörten zum Schulunterricht. Dieses neue Leben und das Lernen begeisterten mich so sehr, dass mir die Nörgeleien und oft Bestrafungen durch die Pflegemutter nichts mehr ausmachten.

Ich sollte trotz der Lehrzeit mit Hausaufgaben und betrieblichen Veranstaltungen im Haushalt arbeiten.

Nach einem halben Jahr konnte ich zu meiner Freude, Kurse an der ABF >Arbeiter und Bauernfakultät< belegen. Gesellschaftswissenschaft stand in der DDR im Vordergrund. Mich interessierten besonders die Kurse Literatur und Allgemeinwissen.

Nach Beendigung des ersten Kurses bekam ich die Urkunde für gutes Wissen in Bronze.

Ein Jahr später das Abzeichen und die Urkunde in Silber. Diese zweite Urkunde wurde mir von Erich Honecker, er war zu dieser Zeit Leiter der FDJ (Freie Deutsche Jugend) in Leipzig, überreicht.

Dass dieser Mann einmal die DDR regieren würde, ahnten wir Jugendlichen im Jahr 1952 bei der Verleihung nicht. Es waren Abendkurse, denn tagsüber lernte ich in Schule und Betrieb. Beim Nachhause kommen bekam ich ständig Vorwürfe, ich sollte diese Abendschule aufgeben, die Pflegeeltern wollten es nicht mehr mittragen.

U·R·K·U·N·D·E

69210

Herrmann Rüth

HAT DIE PRÜFUNG FÜR DAS

ABZEICHEN ›FÜR GUTES WISSEN‹

IN

SILBER

BESTANDEN

G. Schlanchky
Kreissekretär

Zeidler
Vorsitzender der Prüfungskommission

Leipzig, am 13.6.53
Ort und Datum

1953 Urkunde

Das Verhör

Letzter Schultag vor den Weihnachtsferien in der Gutenbergschule Leipzig. Der Tag vor Heiligabend, was würde er mir bringen?

Der Fachlehrer Herr Prehn war für uns Schüler uralt, schon 65 Jahre. Nachkriegsbedingt konnte er jedoch noch immer unterrichten. Er war unser Klassen- und auserwählter Lieblingslehrer. Gerade deshalb, weil er ruhig, väterlich, jedoch auch konsequent war.

Wir, die erste Klasse zur Ausbildung zu Schriftsetzern und Schriftsetzerinnen, waren eine gemischte Klasse. Fast alle im Alter von 14 bis 18 Jahren. Wie zu jener Zeit in der DDR üblich, arbeiteten wir vier Tage in der Woche im Betrieb und zwei Tage in der Schule. In der Gutenbergschule in Leipzig wurde auch praktisch gearbeitet.

In der Deutschstunde versuchte unser Lehrer Herr Prehn soeben herauszufinden, wer da unter der Bank Briefchen verteilte, als es an die Tür des Klassenzimmers klopfte. Herein kam eine streng aussehende Frau. Sie redete laut und sehr bestimmend, so konnte ich hören, dass es um mich ging.

Herr Prehn rief mich nach vorn und sagte: „Packen Sie sofort Ihre Sachen und gehen Sie mit der Dame mit."

Bestürzt und sehr erschrocken nickte ich meinen Mitschülern zu und packte langsam die Tasche.

Beim Hinausgehen rief Herr Prehn mit zorniger und lauter Stimme hinter mir her: „Fröhliche Weihnachten, Fräulein Herrmann." So kannte ich den Lieblingslehrer nicht, war es die Störung des Unterrichtes, oder wusste er warum ich gehen musste?

Vor der Tür erwartete mich nicht nur die besagte Dame, sie war vom Jugendamt, sondern auch mein Pflegevater.

Dass Onkel Erich da war, erstaunte mich sehr, denn seit zwei Wochen wohnte ich nicht mehr bei den Pflegeeltern. Warum?

Es hatte wieder einmal großen Streit gegeben. Die Pflegemutter war nicht gut zu mir, sie wollte es nicht einsehen, dass ich einen Beruf erlernte und nicht mehr so viel im Haushalt helfen konnte, und das ohne Bezahlung seit meinem neunten Lebensjahr.

Als ich an einem Abend im Dezember aus der Schule kam, schrie sie zuerst mich und danach Onkel Erich an: „Entweder geht Ruth aus dem Haus, oder Du." Obwohl es kalt und dunkel war, nahm ich meine schwarze Aktenmappe und lief aus der Wohnung.

Dicke Schneeflocken fielen wie ein Vorhang aus Tränen vom Himmel herab. Waren es meine Tränen, wohin sollte ich gehen? Mir fiel nur mein Lehrbetrieb >Deutsche Graphische Werkstätten Leipzig< ein, denn dort fühlte ich mich wohl. Dort wurde ich als vollwertiger Mensch akzeptiert.

Ich hatte an diesem Winterabend großes Glück, der Personalleiter, Herr Lehmann, war noch im Betrieb. Da er aus vorhergehenden Gesprächen meine Situation kannte, war er sofort bereit, mich mit zu seiner Familie zu nehmen. Das geschah vor vierzehn Tagen.

Nun stand ich Onkel Erich im Flur der Schule gegenüber und sagte zitternd, dass ich nicht zu ihm und seiner Frau zurückkehren würde. Als ob es ihn nichts anginge, reagierte er nicht darauf, sah nur zur Seite.

Die Frau vom Jugendamt zerrte mich zum Ausgang. Was konnte ich dagegen tun?

Ich war noch keine 15 Jahre alt, sehr zart, immer unterernährt wie der Schularzt sagte. Mein Haar war mittelblond und zu einem dicken Pferdeschwanz gebunden. Mit dunkelbraunen Augen, ein typischer Backfisch. Wegen der dunklen Augen wurde ich oft gehänselt, ob ich sie wohl nie waschen würde. Jetzt standen diese Kinderaugen unter Wasser und die Angst in meinem Gesicht.

Ich musste in ein Auto einsteigen. Das Auto fuhr zum Neuen Rathaus in Leipzig. Nach dem Aussteigen gab mir Onkel Erich stumm die Hand, zuckte mit den Schultern und ging weg. Die Dame ging mit mir in ein Büro in der ersten Etage des Rathauses.

Vor Aufregung und mit tränenden Augen, sah ich nichts von dem schönen Mobiliar in den alten Räumen. Eine zweite Angestellte kam dazu und erklärte mir, dass ich nicht bei Familie Lehmann bleiben könnte. Den Grund dafür nannte sie nicht. Ich käme sofort in ein Mädchenwohnheim.

Weinend stammelte ich: „Bitte, bitte, rufen sie Herrn Lehmann in meinem Betrieb an. Ich möchte nicht in ein Heim, dann laufe ich weg."

Darauf schrie mich die Frau an: „Warte vor der Tür, Du hast hier keine Meinung, mach dir keinen Kopf - raus."

Leise weinend wie ein Häufchen Elend saß ich lange im Gang des Gebäudes. Sollte ich lieber gleich weglaufen? Wohin?

Irgendwann ging eine nette junge Frau an mir vorbei.

Es war Elke Scholz, achtzehn Jahre alt, hübsch und schlank. Ihre dunkelbraunen Locken wippten beim Gehen, sie gefiel mir. Sie ging zuerst in das Büro hinein, dann wurde sie mir als Heimerzieherin vorgestellt. Sie sollte mich in das >Mädchenwohnheim Freundschaft< nach Markleeberg bringen.

Markleeberg ist ein Vorort von Leipzig. Ein Auto besaß sie nicht, das hatten nur wenige privilegierte Bürger, wie zum Beispiel Herr Lehmann, der Personalleiter meines Lehrbetriebes.

Wir fuhren mit der Straßenbahn, zu meinem Erstaunen nicht nach Markleeberg, sondern in entgegen gesetzte Richtung. Die Straßenbahn fuhr in Richtung Völkerschlachtdenkmal. An der Haltestelle Frauenklinik stiegen wir aus und gingen in die Klinik.

Was sollte ich dort, ein junges Mädchen, das noch nie einen Gynäkologen gesehen hatte. Elke Scholz sagte mir, die Untersuchung müsste gemacht werden, um zu sehen, ob ich noch unberührt und gesund sei. Wieder hatte ich nur zu funktionieren und ließ die Untersuchung zitternd über mich ergehen. Obwohl der Arzt sehr behutsam vorging, konnte ich diese schmerzhafte Aktion nie vergessen. Elke Scholz hatte Verständnis und nahm mich tröstend in die Arme. Es war der Beginn einer innigen Freundschaft. Später, als ich von der Stasi verhört wurde, spielten die Untersuchungsergebnisse eine Rolle, doch vorerst war es mir unerklärlich.

Danach wollte ich unbedingt in meinen Lehrbetrieb gehen und hatte Glück, dass Elke Scholz meiner Bitte nachkam.

Wir fuhren wieder mit einer Straßenbahn zum Betrieb >Deutsche Graphische Werkstätten<.

Was würde mich erwarten, vielleicht doch Hilfe!
Im Personalbüro erklärte ich Herrn Lehmann aufgeregt die Situation, dass ich in ein Heim müsste. Hoffentlich nur vorübergehend. Auch, dass ich dringend meine Kleidung aus seinem Haus benötigte.

Es war ohnehin sehr wenig vorhanden, meine Pflegeeltern, die Fischers gaben nichts von meiner Kleidung heraus.

Familie Lehmann wohnte in einer großen wunderschönen Villa am Großsteinberger See. Dieses Haus war 1946 enteignet worden und gehörte nun zum Betrieb. Der Personalchef Herr Lehmann war als Opfer des Faschismus anerkannt und durfte es mit seiner Familie bewohnen.

Ein großes Haus mit Seegrundstück für ihn, seine Lebensgefährtin und zwei Kinder. Frau Lehmann war sehr kinderlieb und einfühlsam zu mir, nicht Frau, nicht Kind. Vierzehn Tage hatte ich bei diesen lieben Menschen verbracht, es gefiel mir sehr gut. Kein Wunder, dass nun für mich eine Welt zusammenbrach - die Zeit als Heimkind begann.

Mit der nächsten Straßenbahn fuhren wir vom Karl-Marx-Platz, der heute wieder Augustusplatz heißt, nach Markleeberg. Es war eine sehr schöne Gegend mit gepflegten Vorgärten, vor zum Teil größeren Villen. Zu DDR-Zeiten fand im dortigen Park die Gartenbau-Ausstellung und >Tage des Rundfunks< statt. Diese herrliche Lage erkannte ich erst später und nicht an diesem traurigen Wintertag.

In meinem Zustand flossen nicht nur Tränen aus den Augen, auch die Seele weinte bitterlich.

Mir war es eiskalt, als ich die Diele einer großen Villa, das Haus diente als Mädchenwohnheim, betrat. Wer die ehemaligen Besitzer waren, erfuhr ich nicht.

Für uns Kriegskinder war in dieser Zeit so vieles selbstverständlich, wir kannten nach den Bomben-Nächten keine andere Realität.

Ich wurde sofort zur Heimleiterin Frau Falkenberg in das Büro gebracht. Sie war eine große korpulente Frau mittleren Alters. Mütterlich versorgte sie mich mit den notwendigsten Sachen. Dann musste ich mich in den Aufenthaltsraum zu den anderen Mädchen begeben. Das waren seit dem Morgen die ersten Schritte, die ich ohne Begleitung gehen durfte. Auch wenn es eine offene Tür gegeben hätte, ich war viel zu müde, um wegzulaufen, ja auch zu müde zu denken.

Die Dunkelheit war hereingebrochen, der Raum hell erleuchtet. Schwere Sessel, Tische und Stehlampen füllten den Raum. Wenn nicht die Mädchen anwesend gewesen wären, hätte das Ambiente den Charakter eines Clubs oder einer Bibliothek gehabt. Einige Mädchen saßen gelangweilt herum, andere beschäftigten sich. Eines der Mädchen machte in jeder Hinsicht auf sich aufmerksam. Sie lackierte ihre Finger- und Zehennägel knallrot und sang dabei mit einer grässlichen Stimme, einen mir unbekannten Schlager.

Der Text lautete: „Wenn ich will, kommt der Bill alle Nächte, was er möchte, muss ich tun."

Diese Situation war für mich total unwirklich und unmöglich zugleich.

Auch wenn meine Pflegeeltern nicht gut zu mir waren und mich hauptsächlich zum Arbeiten benutzten, so hatte ich bei ihnen gutes Benehmen gelernt.

Diese Sprache und die Lebensart in dem Heim war mir völlig unbekannt.

Die meisten Mädchen waren älter als ich und schon seit Kriegsende im Heim. Sie waren zum Teil elternlos oder den Eltern zu einer angeblich besseren Erziehung entzogen worden. Der Tenor lautete: „Die Guten erziehen die Schlechten", nach dem russischen Autor Makarenko, dem Buch >Flaggen auf den Türmen<, und anderen Werken. Da die Erzieherinnen wie auch Elke Scholz, sehr jung waren, sollten wir sie duzen.

An diesem ersten Abend sprachen die Mädchen nicht mit mir. Ich war so eingeschüchtert, dass ich mich auch nicht vorstellte.

Im Haus mussten sich vier Mädchen ein Zimmer teilen, nichts konnte abgeschlossen werden. Der Ton bei dem ersten Abendessen im Heim war für mich unmöglich. Fast alle sprachen sehr laut, roh und brutal. Bei meinen Pflegefamilien durfte ich nur Hochdeutsch sprechen, worüber ich sehr froh war und noch bin. Denn besonders für eine Schriftsetzerin ist eine gute, wortreiche Sprache sehr wichtig.

Außer dem üblichen Pfefferminztee nahm ich an diesem Abend nichts zu mir, es ging mir schlecht. Danach durfte ich in den Schlafsaal gehen. In dem viel zu großen dünnen Nachthemdchen fiel ich in ein unteres Etagenbett. Der Schlaf wollte und wollte nicht kommen. Bitte lieber Gott, lass die Nacht vom Himmel fallen, lautete mein Gebet. Weinend und betend verbrachte ich die erste Nacht im Heim. Ein Nichts auf der ganzen Welt zu sein, beherrschte meine Gedanken.
Der neue Tag brach an, die Heilige Nacht. Er sollte doch ein Tag der Liebe, Freude, Hoffnung auf Rettung sein?

So hatte ich es in der Bibel gelesen und auch verstanden. Rettung? Wer könnte mich noch retten.

Aufstehen erklang ein schriller Ruf durch alle Räume, so könnte es in einer Kaserne klingen, dachte ich. Gehorsam stand ich auf und ging nach der Morgentoilette zum Frühstück. Wieder konnte ich keinen Bissen zu mir nehmen und auch keines der Mädchen sprach mit mir.

Im Laufe des Tages legte ich mich einfach ins Bett. Das Zimmer hatte mehrere große Fenster, mein Blick erhaschte ein Stück vom Himmel. Schneeflocken fielen pausenlos hernieder, wie in einem Wintermärchen, so wie wir Menschen es zum Fest gern haben. Es war Weihnachten, nur nicht für mich. Mir fielen die Augen zu. Traumlos dämmerte ich dahin.

Zwischendurch erreichte mich der Gesang von Weihnachtsliedern. Wo war ich, was war geschehen? Ich wusste es nicht. Als eine Erzieherin nach mir sah, muss es schon Abend gewesen sein. Sie legte mir in Essig getränkte Tücher auf die Stirn, ich hatte Fieber und wimmerte leise vor mich hin. Einige Mädchen standen in der Tür, als mich ein Sanitäter in den Krankenwagen trug. Das gefiel mir gar nicht, ich wollte davonrennen, aber er hielt mich ganz fest im Arm.

„Es ist doch so schön warm und weich im Schnee", rief ich verzweifelt aus, dann wurde es dunkel um mich. Dunkel für eine lange Nacht.

Das Erwachen kam am zweiten Weihnachtstag, es war noch in der Nacht. Ich sah um mich herum blaues und weißes Licht. Sechs weiße Metallbetten waren im Zimmer zu erkennen. In einem siebenten Bett lag ich. Im Bett gegenüber saß eine ältere Frau und schimpfte laut, ich sollte endlich mit dem Gejammer aufhören, kein Mensch könnte dabei schlafen, auch sie nicht.

Sie betätigte die Klingel und eine Krankenschwester kam. Nun wusste ich endlich, wo ich war. Die Schwester sagte, es sei gut, dass ich wieder zu mir gekommen wäre. Im Fieber hätte ich ständig nach einer Mutter gerufen. Bei dem Wort Mutter konnte ich weinen. Dicke Tränen liefen über mein schmales, blasses Gesicht. Mir wurde schmerzlich bewusst, dass es keine Mutter für mich gab.

Im Alter von vierzehn Jahren und weiblich hatte mich der Diensthabende Arzt für die Frauenabteilung im Krankenhaus eingeteilt. Tage und Nächte verbrachte ich dort im Fieber und somit im Dämmerschlaf. Es war eine Nervenentzündung. Mein Weihnachten 1951!

Ob die Krankenhausverwaltung überhaupt versucht hatte, Angehörige von mir oder meine Mutter zu finden? Ich glaubte es nicht.

Obwohl meine Mutter in Leipzig lebte, hatte ich sie lange nicht gesehen. Sie wollte mich nicht haben.

Da ich im Heim noch keine Freundin oder andere Bezugspersonen hatte, bekam ich vorerst keinen Besuch. Wer dachte an ein einsames Mädchen im Krankenhaus, nicht einmal die Heimleiterin oder eine Erzieherin.

Heimlich bewunderte ich die Weihnachtsgestecke, Geschenke und Süßigkeiten der anderen Frauen. Ihre Nachttische waren reichlich gedeckt. Bis auf einen kleinen Pappteller mit Pfefferkuchen war mein Nachttisch leer und steril.

Das änderte sich nach den Feiertagen. Eine Delegation meines Lehrbetriebes, beauftragt von Herrn Lehmann, kam zu Besuch.

Und wie sehr konnte ich da staunen - sie brachten

Apfelsinen für mich mit. Diese gab es in der DDR nicht zu kaufen, oder nur mit guten Beziehungen.

Die Kolleginnen und Kollegen waren mir wohlgesinnt und wünschten viel Gutes. Ich sollte schnell gesund werden und wieder in den Betrieb kommen.

Die Familie Lehmann aus Großsteinberg ließ mir Grüße ausrichten. Sie durften mich vorerst leider nicht besuchen. Da ich zu diesem Zeitpunkt die Gründe nicht wusste, war ich sehr beunruhigt und verunsichert. Meine Pflegeeltern ließen nichts von sich hören.

Endlich war es so weit, in den ersten Januartagen wurde ich aus dem Krankenhaus entlassen. Bei Eis- und Schneeglätte holte Elke Scholz mich ab. Wieder durfte ich keinen Schritt ohne Aufsicht tun. Das fand ich sehr merkwürdig und unangenehm.

Seit meinem achten Lebensjahr, vielleicht auch schon früher, hat sich nie ein Mensch so richtig für mich interessiert. Es sei denn, ich sollte eine Arbeit verrichten. Jetzt durfte ich weder zur Schule noch in den Betrieb gehen.

Eines Tages sagte die Heimleiterin zu mir, dass ich am Vormittag zu einem Gespräch abgeholt würde. Auf meine Fragen von wem oder warum, erhielt ich keine Antwort. Ein Herr aus meinem Betrieb kam. Er war SED-Mitglied der Betriebs-Parteigruppe. Ich kannte ihn nur von Vorträgen, an denen wir Lehrlinge teilnehmen mussten. Er trat mir sehr freundlich gegenüber, und so ahnte ich nichts Böses.

Mit einem Auto des Betriebes fuhren wir in die Innenstadt von Leipzig, in die Wächterstraße. Dort war das Gefängnis, ich musste aussteigen.

Als ich diese Stätte vor einigen Jahren nach der Wiedervereinigung aufsuchte, überlief es mich nochmals eiskalt. Wie damals fing ich an zu zittern. Solche Kindheitserlebnisse behält man lebenslänglich.

Ein großes Eisentor öffnete sich und verschlang mich mit Fahrer und Auto. Mir wurde angst und bange, was würde geschehen?

Der Herr aus dem Betrieb übergab mich nach dem Einlass in das Gefängnis einer uniformierten, männlichen Aufsichtsperson. Dieser Mann führte mich durch viele dunkle Gänge. Für mich waren es Gänge ohne Ende.

In einem Raum standen nur Tische und braune Holzstühle, es war grell erleuchtet. Ich musste mich setzen, zwei Männer saßen mir gegenüber an einem Schreibtisch.

Beklemmende Stille herrschte im Raum, ich hatte das Gefühl, als zögen sie mich mit ihren Blicken aus. Lange sprachen sie nur untereinander, ohne mich aus den Augen zu lassen. Wie lange würde ich das aushalten. Sie flüsterten und ich verstand kein Wort. Nach längerer Zeit wurde ich unvermittelt, laut angeschrieen: „Warum sitzt Du hier?"

Mir fiel keine Antwort ein, meine Kehle war wie zugeschnürt.

Dann begann ein Verhör. Beide Männer, sie waren in schwarze Anzüge gekleidet, sehr streng aussehend, stellten in schneller Reihenfolge, pausenlos Fragen.

Zum Antworten kam ich kaum. Doch inzwischen merkte ich, dass es um Herrn Lehmann, den Personalleiter des Betriebes ging. In der Hauptsache, warum er und seine Familie mich aufgenommen hatten, als ich von den Pflegeeltern weglief.

Nach Meinung der Männer nur aus dem Grund, um mich sexuell zu missbrauchen. Sie stellten immer wieder die Frage, ob er dort in mein Schlafzimmer gekommen sei und noch viele andere, schreckliche Fragen. Auch nach der vierzehnjährigen Tochter seiner Lebens-Gefährtin wurde ich befragt. Wie er sich zu dieser verhielt, auch in sexueller Hinsicht. Das waren alles Fragen, die ich nicht kannte, Themen über die meine Pflegeeltern mit mir nicht gesprochen hatten. Es wurden keine politischen Fragen gestellt. War das die Taktik?

Was hatte ich verbrochen, hatte ich mich irgendwie schuldig gemacht? Dass man auf diese Art und Weise auch Menschen kaputtmachen oder ausradieren könnte, wurde mir erst später klar.

Das Verhör dauerte viele Stunden, sie versuchten mir etwas einzureden, es war zermürbend. Die Männer wurden zwischendurch ausgewechselt, nie war eine Frau an meiner Seite. Ich musste ein Protokoll unterschreiben ohne es gelesen zu haben.

Mitten in der Nacht bekam ich endlich etwas Tee zu trinken, das erste Getränk seit dem Morgen. Ein Hungergefühl hatte ich nicht, nur großen Durst.

Danach wurde ich aus dem Gebäude entlassen, ein unbekannter Mann fuhr mich mit einem Auto in das Heim zurück. Trotz größter Übermüdung konnte ich keinen Schlaf finden. Ich ging in das Büro der Heimleitung und durfte mich endlich bei der Diensthabenden Erzieherin ausweinen.

Nach Tagen der Ungewissheit erfuhr ich, dass meine Pflegeeltern Herrn Lehmann angezeigt hatten.

Sie wollten einfach nicht als schlechte, ungeeignete Pflegeeltern dastehen und nicht zugeben, warum ich von ihnen weggelaufen war. Sie wollten mich zur Strafe in ein Heim geben.

Die Konsequenzen für sich selbst, die hatten sie leider nicht bedacht. Es kam später schlimm auf sie zurück.

Das Heim durfte ich noch immer nicht verlassen. An einem Tag bekam ich unerwartet den Besuch meiner Pflegemutter, Tante Li. Sie war besonders freundlich, bedauerte aufrichtig, dass alles so gekommen sei. Sie wollte und könnte mir vielleicht helfen.

Inzwischen war ich besonders hellhörig und sensibel für solche Aussagen und hörte zwischen den Sätzen einiges mehr. Sie hatte Gebäck und ein Getränk mitgebracht. Auch einige Kleidungsstücke, die mir gehörten und die sie bisher nicht herausgegeben hatte. Ich sollte unbedingt bald einmal zu Besuch kommen, dann könnte ich mir auch meinen Nähkasten abholen.

Der Nähkasten war etwas Besonderes für mich. Er war aus Holz und zu Weihnachten vom Tischler der Pflegeeltern extra für mich angefertigt worden. Solche und viele andere Gebrauchsgegenstände gab es in der DDR nicht immer zu kaufen. Tante Li wusste, wie sehr ich daran hing und wie dringend ich den Nähkasten brauchte. Dann erzählte sie mir von Christine, der Adoptivtochter.

Christines Mutter war eine Schaustellerin im Zirkus, man hatte der Frau das Kind entzogen, um es im sozialistischen Sinn zu erziehen.

Mich wollten die Pflegeeltern nicht adoptieren, ich sollte im Haushalt arbeiten und Christine betreuen, wenn sie verreisten.

Das tat ich zur Zufriedenheit von Tante Li, bis meine Lehrzeit begann.

Es war niemals leicht für mich, denn zur Schule ging ich immer gern und wollte nicht die schlechteste Schülerin sein.

Nun saß Tante Li vor mir im Wintergarten des Heimes und erzählte, was wir alles einmal gemeinsam mit Christinchen unternehmen könnten.

Sie erwähnte nebenbei, dass mich ein Mitarbeiter des Leipziger Rundfunks, Onkel Erich war dort als Schallarchivleiter angestellt, bald zu einem Gespräch abholen lassen wollte. Ich sollte doch so lieb sein und nur gut über sie und den Onkel reden, nur die Wahrheit sagen. Sie wirkte traurig und niedergeschlagen, so kannte ich sie nicht. Im Gegenteil, sie hat Onkel Erich und mich immer herumkommandiert.

Als sie mich an diesem Tag verließ, wusste ich nicht, warum ich zum Rundfunk kommen sollte.

Für dieses Gespräch wurde ich eines Tages am späten Nachmittag abgeholt. Das Wort abgeholt hat für mich seit dieser Zeit immer eine zweifache Bedeutung.

Es kam ein mir unbekannter Mann. Da er mit der Heimleitung gesprochen hatte, meinte ich, es würde seine Richtigkeit haben und ging mit.

Das Gebäude des Rundfunks war mir von früheren Besuchen gut bekannt. Als Schulkind brachte ich oft einen Henkeltopf mit dem Mittagessen zu Onkel Erich.

Auch dieses Mal kam er im Flur auf mich zu. Sofort wurde er belehrt, dass er nicht mit mir sprechen dürfte.

Im Gang standen noch immer die alten braunen Holzbänke. Wir mussten uns getrennt hinsetzen und wurden von einem Mann bewacht.

Onkel Erich hatte den Kopf in seinen Händen vergraben. Ich sah, dass sich durch sein volles, schwarzes Haar silbergraue Strähnen zogen. Er tat mir leid, so zerschlagen hatte ich ihn noch nie gesehen.

Er war 45 Jahre alt, Tante Linda zehn Jahre älter. Als er in den Sitzungssaal gerufen wurde, zögerte er kurz und warf mir einen langen traurigen Blick zu.

Nach einiger Zeit wurde auch ich in den Raum gerufen. Ein großer Sitzungs-Saal mit imponierend hohen Wänden, holzvertäfelt und hell erleuchtet. An einem langen Holztisch saßen zirka zehn Personen. Ich musste mich dazu setzen. Es waren wieder nur Männer im Raum.

Onkel Erich, um den es ging, war nicht mehr anwesend. In diesem Fall hätte ich ihn gern an meiner Seite gesehen. Angst kroch in mir hoch, denn ich hatte einen Mann vom Verhör aus dem Gefängnis in der Wächterstraße erkannt. Auch jetzt begann erneut ein Verhör, doch leise und besonders freundlich. Dass es eine Taktik war, konnte ich mit vierzehn Jahren nicht erkennen.

Ich wurde gefragt, wie ich bei Familie Fischer gelebt hätte, wie der Pflegevater zu mir war und warum ich weggelaufen wäre. Wie ich dachte, wurde mir nichts Unrechtes unterstellt. Sicher wollten die Herren nur klären, wo ich in Zukunft am Besten leben könnte - das dachte ich irrtümlich. Dann kamen Fragen, was die Pflegeeltern von ihren Reisen mitgebracht hätten, wann und wohin sie gereist wären. Auch ob Tante Li mit nach West-Berlin gefahren wäre, wenn Onkel Erich als Schallarchivleiter des Rundfunks diese Reisen zum Sender Rias Berlin durchführen musste.

Unwissend ob dieser Fragen, erzählte ich, was ich wusste.

Dass ich dann schulfrei bekäme, um das Kleinkind Christine zu versorgen. Obwohl ich stutzte, als ich gefragt wurde, was die Pflegeeltern in Berlin eingekauft hätten, antwortete ich wahrheitsgemäß.

Immer die Wahrheit zu sagen, hatten die Pflegeeltern mir eingetrichtert. Bei kleinen Lügereien, wenn ich genascht hatte und es abstritt, wurde ich hart bestraft.

Als ich gerade zehn Jahre alt war, hatten sie mich in der Dunkelheit, um 22.00 Uhr weggeschickt. Mit den Worten: „Du lügst, Du bist faul, geh und such deine Mutter oder geh sonst wo hin."

An diese Strafen dachte ich und beantwortete auch die folgenschweren Fragen, ob wir den Sender >Rias Berlin< gehört hätten. Meiner Meinung nach war es dienstlich notwendig für Onkel Erich. Und wieder kamen die Fragen nach den Reisen und Einkäufen in Berlin.

Ich erzählte, dass Tante Li für sich schicke, rote Lackschuhe mit hellen, dicken Kreppsohlen von einer solchen Reise mitgebracht hätte. Ich bekam nur hässliche, graue Igelitschuhe.

Als ich einmal in der Schule einen Bezugschein für neue Schuhe bekam, kaufte sich Tante Li Schuhe dafür. Mir besorgte sie im Althandel gebrauchte Schuhe.

Von den Reisen nach Westberlin bekam Christine die schönsten Sachen. Ich dagegen war froh, dass ich zur Belohnung, weil ich zu Hause blieb, manchmal Schokoladenplätzchen bekam. Es waren die mit den bunten Streuseln darauf. Die gab es in der DDR auch nicht.

Das Verhör, es war natürlich ein Verhör, obwohl die Fragen freundlich und spielerisch gestellt wurden, dauerte sehr lange.

Zum Schluss wurde mir mitgeteilt, dass ich von nun an wieder in den Lehrbetrieb und in die Gutenbergschule gehen könnte.

Weiterhin hätte das Jugendamt bestimmt, dass ich im Mädchenwohnheim bleiben müsste. Die Pflegeeltern wollten mich nicht mehr haben und wären auch nicht für meine sozialistische, fortschrittliche Erziehung in der DDR geeignet. Die Familie Lehmann in Großsteinberg am See könnte ich jederzeit besuchen. Der Personalleiter Herr Lehmann wäre im Betrieb immer für mich zu sprechen. Alles wurde sehr förmlich vorgetragen.

Es war spät in der Nacht, als mich ein Fahrer vom Rundfunksender in das Heim fuhr. Nie wieder wurde ich in der DDR so viel im Auto gefahren.

Onkel Erich sah ich aus dem fahrenden Auto heraus heimwärts gehen, langsam und zu Fuß. Sein Anblick hat mich erneut erschreckt. Er war ein gebrochener Mann.

Ich habe weder Schadenfreude noch Hass im Bezug auf ihn oder Tante Li empfunden. Statt zu resignieren habe ich immer gekämpft.

Erst Jahre später erfuhr ich, dass Onkel Erich seine gute Anstellung im Leipziger Rundfunk verloren hatte. Besser gesagt, er wurde verurteilt und entlassen. Was für ein Regime, das Kinder benützt und aushorcht.

1952 Ruth im Garten des Heimes in Markleeberg

Hemdchen

Tatsächlich, - ich hatte schon nicht mehr daran geglaubt, - rief Tante Li im Heim an, dass ich mir einige Kleidungsstücke abholen könnte.

An einem Samstagnachmittag fuhr ich in Begleitung von Monika, einer Mitbewohnerin aus dem Heim, nach Gohlis zu den Pflegeeltern. Monika staunte, dass ich einmal in so einem schönen Haus gewohnt hatte. Als ich ihr von meinen Ängsten vor der Pflegemutter erzählte, beruhigte sie mich mit den Worten: „Ich bin ja auch noch da und werde dich beschützen."

Tante Li war allein im Haus. Wie sie sagte war Onkel Erich mit Christine unterwegs, was ich bedauerte. Auf die Adoptivtochter Christine hatte ich mich sehr gefreut, konnte ich das Kind doch einige Jahre betreuen.

Wir Mädchen durften uns in der Küche an den Tisch setzen und Tante Li servierte Tee und Kekse, wobei sie ein Gespräch begann. Sie wollte mich aushorchen und betonte immer wieder, wie gut ich es bei ihr gehabt hätte. Dabei sah sie Monika Zustimmung heischend an, mich beachtete sie kaum.

Endlich holte sie einige Kleidungsstücke, die sie in Zeitungspapier wickelte, und den Nähkasten aus dem Nebenzimmer. Es waren wenige Sachen und keine Leibwäsche dabei.

Als sie uns in der Diele verabschiedete, fiel mir mein letzter Besuch in der Wohnung und das Hemdchen wieder ein. „Raus, nur weg hier", sagte ich zu Monika und rannte ins Treppenhaus. Es überkam mich eiskalt, als ich daran dachte, und so ergeht es mir noch immer.

Was war damals geschehen?

Als ich im Dezember 1951 von den Pflegeeltern weglief, nahm mich die Familie des Personalleiters meines Lehrbetriebes auf. Herr Lehmann erwirkte, dass ich mir meine Schulbücher, Materialien und Kleidung von Fischers abholen konnte. Da ich zu ängstlich war, um allein hinzugehen, kam ein Herr, der Fahrer des Betriebes, mit. Nach dem Klingeln an der Haustür wurden wir in die große Diele, die mir sehr vertraut war, eingelassen.

Da es wenige Tage vor dem Weihnachtsfest war, duftete der Raum nach frischem Backwerk und war weihnachtlich geschmückt.

Tante Li ließ uns nur kurz warten, bis sie mit einem Stoffbeutel in der einen und dem Hemdchen in der anderen Hand zu dem Fahrer trat.

Sie ging auf ihn zu und sagte lautstark: „Damit ist Ruth zu uns gekommen, und damit kann sie auch wieder gehen", wobei sie das Hemdchen in die Höhe hielt.

Nun konnte ich die Tränen nicht mehr zurückhalten, die Röte schoss mir ins Gesicht.

Das Hemdchen war aus hellblauer Charmeuse mit goldbrauner Spitze am Ausschnitt, schmale Träger aus anderem Material waren später angebracht worden. Ursprünglich war es ein Damenunterrock gewesen.

Meine Mutter hatte im Jahr vor und nach dem Krieg für mehrere Leute Wäsche gewaschen, gebügelt und ausgebessert. Auch für Frauen, die in einem Gässchen in der Leipziger Innenstadt dem ältesten Gewerbe nachgingen.

Mit der Bemerkung, er werde nicht mehr gebraucht, hatte ihr eine der Frauen den Unterrock geschenkt.

Da ich kein Hemd besaß, schnitt Mutter den unteren Teil des Unterrockes ab, und daraus wurde mein Hemdchen.

Es ist nicht nur das Hemdchen, was mich noch heute beschäftigt, sondern auch ein Gespräch, das ich in diesem Zusammenhang hörte. Schon immer hatte ich die Gabe, zwischen den Zeilen zu lesen und neben dem gesprochenen Wort zu hören.

1946 wurde das Gässchen, auch › Goldhahngasse ‹ genannt, geschlossen. Einige Frauen blieben vorerst dort wohnen. Die Arbeit wurde ihnen verboten, einige zogen nach Westdeutschland, um das Gewerbe zu betreiben. Eine Reinemachefrau, so wurde sie von Mutter genannt, brachte und holte noch immer die Wäsche. Eines Morgens kam sie sehr aufgeregt und weinend in unser Siedlungshäuschen. In der Nacht war eine Razzia im Gässchen gewesen und mehrere Frauen wurden verhaftet. Was noch viel schlimmer war, sie erzählte, dass eine junge Frau, die Mutter gekannt hatte, im Morgengrauen durch das Fallbeil getötet worden war.

Ich lag im Bett im Zimmer neben der Küche, wo das Gespräch stattfand. Das Zimmer war nur durch einen Vorhang abgetrennt und alles deutlich zu hören.

Ängstlich kroch ich unter die Bettdecke und versuchte krampfhaft wieder einzuschlafen, um nichts zu hören.

Weiter erzählte die Frau, warum die junge Prostituierte hingerichtet wurde. Sie sollte einem Freier die Lebensmittelmarken gestohlen haben. Man hatte Marken bei ihr gefunden, und außerdem war das › Anschaffen ‹ inzwischen verboten. Dieses Gespräch konnte ich nie vergessen. Als ich erwachsen war, habe ich nachgefragt und inzwischen recherchiert.

Während der Nationalsozialistischen Zeit und bis 1960 wurde in Leipzig durch das Fallbeil hingerichtet, auch als man in der DDR, in der Erich-Kästner-Straße in Leipzig eine zentrale Hinrichtungsstätte eingerichtet hatte. Später fanden dort Hinrichtungen durch Erschießen statt.

Bis zur Abschaffung der Todesstrafe in der DDR 1987 wurden hunderte Menschen hingerichtet.

Warum mich diese leidvolle, unbegreifliche Geschichte nie losgelassen hat, lag daran, was ich als Kind anhören musste. Der Gedanke, welche Frau wohl den Unterrock, das >Hemdchen<, getragen hatte, löste bei mir immer wieder diese schreckliche Erinnerung an das mitgehörte Gespräch aus.

Jugendwohnheim Völkerfreundschaft

Das erste Mädchenwohnheim in Leipzig Maarkleeberg, ich lebte dort seit einigen Monaten, sollte nur ein Übergang sein.

Eines Abends wurden wir Mädchen im großen Aufenthaltsraum zusammengerufen. Die Heimleiterin, Frau Falkenberg sagte, leider müssten wir Mädchen in den nächsten Tagen die Villa räumen. Das Haus würde für die Organisation „Deutsch Sowjetische Freundschaft" benötigt.

Wir Mädchen sollten uns auf den Umzug vorbereiten, jede bekäme ein neues Zuhause. Das Wort Zuhause klang seltsam in mir nach. Gab es das überhaupt und auch für mich?

Es gab keine Diskussion, keine Antworten auf die Fragen der Mädchen.

Zwischen den Mädchen hatten sich zum Teil innige Freundschaften gebildet.

Die Angst, dass man sie nicht zusammen lassen würde breitete sich aus.

Im Befehlston wurden wir zur Ruhe ermahnt und die Erzieherin Elke las die Liste der Verteilung vor. Nun begriff ich erst die ganze Tragweite.

Wie schrecklich, wir wurden auf verschiedene Heime in Stadt und Land verteilt. Mir schien, man hatte die Auswahl nach Bildungsstand, Freundschaften und Herkunft vorgenommen.

Die Mädchen Kinka und Inga hatten keine Eltern mehr, sie stammten aus Ostpreußen. Für sie war ein Jugendwerkhof in der Sächsischen Schweiz vorgesehen.

Beide waren ein Paar und glücklich darüber, nicht getrennt zu werden. Was Jugendwerkhof bedeutete, wussten sie noch nicht.

In der DDR, und besonders in den Heimen, wurde es bestraft, wenn zwei Mädchen sich liebten. Das wurde uns von den Erzieherinnen gesagt. Ob es in der Praxis so war, wusste ich nicht.

Als ich hörte, dass ich in das Jugendwohnheim Völkerfreundschaft in Leipzig Wahren käme, war ich vorerst erleichtert. Mein Lehrbetrieb war in der Stadt und ich hatte keinen sehr weiten Weg.

Die Besprechung und Einteilung per Liste war am Freitag, und am Samstag erzählte man mir, dass das neue Heim bis 1945 ein Heim für schwer erziehbare Mädchen war. Es hatte in der Bevölkerung von Leipzig einen sehr schlechten Ruf. Die Erzieherinnen waren zum Teil noch aus dieser Zeit. Darüber regte ich mich so sehr auf, dass ich zur Heimleiterin ging und um ein Gespräch ersuchte.

Mit fester Stimme, nicht wehleidig, sagte ich ihr, dass ich auf keinen Fall in dieses Heim gehen würde.

Frau Falkenberg war, da sie sich mit mir allein im Büro aufhielt, sehr einfühlsam. Sie versicherte mir, dass auch sie keinen Einfluss auf diese Auswahl hätte, alles käme vom Jugendamt. Schön wäre jedoch für uns Mädchen, dass Fräulein Elke Scholz, meine Lieblingserzieherin, in das neue Heim übernommen würde. Sie, die mütterliche Heimleiterin, bekäme eine andere Arbeit zugeteilt.

Traurig zog ich mich in den schönen, von uns Mädchen gepflegten Garten zurück. Wie gern habe ich darin gearbeitet, es blühte und grünte überall.

Die Mitbewohnerin Helga hatte einen Fotoapparat und hielt einige Mädchen im Bild fest. Unser Liebespaar Inga und Kinka, Elke Scholz und mich.

Auch wenn wir Mädchen uns oft heftig gezankt und gestritten hatten, nun waren wir eine Einheit. Wir weinten und lachten gemeinsam, hofften noch immer auf Hilfe. Einige wenige meinten, vielleicht würde unser Leben auch besser durch das Neue.

Bedrückt kam ich am Montag in den Lehrbetrieb zur Arbeit und meldete mich bei dem Betriebsrat. Ich erzählte vom Umzug in ein anderes Heim, schilderte den schlechten Ruf desselben. Ob der Betrieb vielleicht helfen könnte, war meine Bitte. Der Betriebsrat konnte oder wollte mir jedoch nicht behilflich sein.

Später bei der Arbeit in der Setzerei war ich gar nicht bei der Sache. Weshalb mich mein Lehrmeister Herr Pauli in der Mittagspause mit in die Kantine nahm. Als er mich zur Rede stellte, konnte ich die Tränen nicht mehr aufhalten. Ich erzählte ihm meine Sorgen und dass ich nicht in das andere Heim umziehen wollte.

Herr Pauli war ein guter Zuhörer, schon fast siebzig Jahre alt, er hatte für alles Verständnis. Schön für uns Lehrlinge, dass er trotz seines Alters ausbilden durfte, es gab nach dem Krieg nur wenige Fachkräfte in der Druckerei. Die älteren wurden gebraucht und gern eingestellt. Für mich war er in jeder Hinsicht der beste Lehrherr.

Tröstend strich er mir über die Wange und sagte, wie gern er mich mit zu sich und seiner Familie nehmen würde, doch da gäbe es keine Erlaubnis.

Die Regierung wollte uns junge Menschen im sozialistischen Sinn erziehen.

Ich könnte immer, mit allen Fragen zu ihm kommen. Er erlaubte mir einige Minuten länger Pause zu machen. Die Kollegen sollten nicht sehen, dass ich geweint hatte.

Die Handsetzerei war in der zweiten Etage des Druckhauses. Ich fuhr mit dem Fahrstuhl nach oben. Im Saal der Setzer waren zwanzig Gehilfen und neun Lehrlinge anwesend. Beim Eintreten empfing mich eine große Stille, wie meistens nach der Mittagspause.

Diese wurde bald unterbrochen durch Herrn Paulis Erklärungen. Er hatte nach dem Gespräch mit mir in der Pause noch etwas zu überdenken und lenkte sich und die Lehrlinge mit seinen Geschichten ab. Auch ich setzte mich in die Setzergasse zu den anderen Lehrlingen, auf einen vorgezogenen Schriftkasten. Die Lehrlinge freuten sich über die unverhoffte Abwechslung. Es kam öfter vor, dass wir extra unmögliche Fragen stellten, um eine Erzählstunde zu erreichen.

Dann erzählte Herr Pauli meistens von früher. Vom Briefeschreiben, wie wichtig das sei. Gutes Deutsch besonders für uns Schriftsetzer, damit der Korrektor nicht zu viel Arbeit bekäme. Dabei kam er zu unserer Freude schnell vom Thema ab. Edith, aus dem dritten Lehrjahr, hatte gefragt, ob er seiner Frau auch Briefe, Liebesbriefe geschrieben hätte. Da erzählte Herr Pauli, dass es fast zu einer Trennung des Paares gekommen wäre, als sie einmal zum Wochenende keine Post von ihm erhalten hatte. Auch wo dieser gewisse Briefkasten vor den Bombennächten in Leipzig platziert war.

In der Verlobungszeit des Paares war dieser einmal nicht geleert worden.

Am Ende solcher Erzählstunden wies er uns Lehrlinge immer auf die Höflichkeit der Menschen zueinander hin.

Betonte, wie er das mit seiner >Guten< so nannte er seine Frau, hielt. Den Satz: >Mit dem Hute in der Hand kommst du durch das ganze Land<, habe ich nie vergessen. Der Satz bezog sich darauf, dass die Männer den Hut lüfteten, wenn sie Menschen begegneten und diese begrüßten. Höflichkeit im Umgang mit den Mitmenschen, das gab er uns Lehrlingen mit auf den Lebensweg.

Endlich war für diesen Tag Feierabend für uns Lehrlinge im Betrieb.

Noch immer sehr traurig fuhr ich am Abend mit der Straßenbahn nach Maarkleeberg in das Heim.

Unruhe und Aufbruchstimmung erfüllte alle Räume. Die Handwerker arbeiteten in Haus und Garten, obwohl wir Mädchen die Zimmer noch bewohnten. Im Schlafraum von mir und den drei anderen Mädchen roch es stark nach Farbe. Die Tür war frisch gestrichen.

In der Ecke des Zimmers stand ein grüner, gut gestalteter Kachelofen, den ich sehr mochte. Er war nicht beheizt und so hatte ein Maler die Öffnung benutzt, um einige Materialien abzustellen. Ich betrachtete mir die Flaschen und Dosen genauer, um den Inhalt zu erkennen. Eine Flasche enthielt ein öliges Lösungsmittel. Mir kam der Gedanke, vielleicht etwas zu erreichen, wenn ich krank würde. Einfach so zu tun, als wollte ich lieber sterben, als in das neue Heim umzuziehen.

Obwohl es schrecklich roch, trank ich einen großen Schluck des Lösungsmittels. Sofort wurde meine Zunge taub und der gesamte Mund fühlte sich pelzig an. Schnell trank ich Wasser nach und legte mich unter das Bett. Sie sollten mich einfach erst einmal suchen.

Angestrengt dachte ich nach und wartete auf Bauchschmerzen, es tat sich nichts. Auch von meinen Mitbewohnerinnen ließ sich keine sehen. Als es dämmerte und sich die hohen Büsche vor dem Fenster bewegten und gespenstisch an die Scheiben schlugen, trank ich den Rest des Lösungsmittels der Flasche aus. Sofort bekam ich einen starken Brechreiz. Krampfartig zog sich mein Magen zusammen, ich weiß nicht, wie lange es dauerte, bis ich erschöpft einschlief.

Noch immer lag ich in dem Versteck unter dem Bett, als die Zimmertür aufgerissen wurde.

Eine schrille Stimme sagte: „Ruth ist nicht hier, doch ihre Tasche liegt auf dem Bett. Sie muss nach der Arbeit hier gewesen sein, wir müssen sie suchen."

Nach dem sich die Stimmen entfernt hatten, die ich wie aus weiter Ferne vernahm, versank ich wieder in tiefen Schlaf.

Es war mitten in der Nacht, als mich ein Mann unter dem Bett hervorzog. Ein uniformierter Volkspolizist. Ich schrie erschrocken auf, Angst überfiel mich, doch richtig wach wurde ich erst, als mich zwei kräftige Arme packten. Der Mann stellte mich unter die Dusche. Das kalte Wasser tat das Übrige.

Ein zweiter Polizist stand daneben und sagte: „Das hat ein Nachspiel, für solche Späße haben wir keine Zeit." Die Heimleiterin hatte die Volkspolizei verständigt, gemeldet, dass ich nicht aufzufinden sei. Im Nachhinein hat es mich amüsiert, dass sie nicht selbst unter das Bett geschaut hatte.

Das Nachspiel hielt sich in Grenzen, meine Strafe war tagelange Übelkeit und kein Appetit auf weitere Lösungsmittel. Ich war im Heim nicht die Einzige, die sich aus Verzweiflung oder um Aufmerksamkeit zu bekommen, verletzte. Allerdings blieb es bei mir, bei diesem einen Mal.

Nach einigen Tagen wurden wir zu dritt in das Jugendwohnheim Völkerfreundschaft gebracht und dort aufgeteilt. Jedes Mädchen kam in ein anderes Zimmer, zu den schon anwesenden Mitbewohnerinnen.

Wieder gab es nur Vierbettzimmer. Auch in diesem Heim wurde nach dem russischen Erzieher und Philosophen Makarenko, >die Guten erziehen die Schlechten< erzogen.

Zweifelsfrei gehörte ich trotz meiner Kinderstreiche in der Vergangenheit zu den guten Mädchen. Meine Ausbildung im Lehrbetrieb und in der Fachschule nahm ich sehr ernst und lernte fleißig.

Die schlechten Mädchen, sie gingen keiner Arbeit nach, machten keine Ausbildung, stahlen und sagten selten die Wahrheit oder liefen aus dem Heim weg, wann immer sie eine Möglichkeit hatten.

Versuche, diese Mädchen in Arbeit zu bringen, im Gaststättengewerbe oder anderswo als Hilfsarbeiterinnen, scheiterten fast immer. An eine Ausbildung war nicht zu denken, sie wollten nicht. Oft wurden sie nach wenigen Tagen wegen Diebstahl oder Faulheit entlassen, wenn sie überhaupt in die Betriebe gingen.

Von diesen Mädchen musste ich mir mit meinen fünfzehn Jahren viele schlimme Geschichten anhören. Sie erzählten am Abend im Zimmer von ihren tollen Erlebnissen mit Männern und machten mir Angst. Da ich so ganz anders und unerfahren war, fanden wir keinen Zugang zueinander. Sie mussten zum Beispiel zwangsweise zum Frauenarzt, nachdem sie sich mit russischen Männern der Besatzungsmächte eingelassen hatten.

„Du kommst auch noch dahin", sagte ein Mädchen immer wieder zu mir, um mich einzuschüchtern. Zum Glück musste ich diese schlimmen Erfahrungen niemals machen.

Die meisten Mädchen im Wohnheim waren zwischen siebzehn und achtzehn Jahren alt. Mit achtzehn Jahren war man in der DDR volljährig und wurde aus dem Heim entlassen.

Einige Mädchen hatten vor dem Heimaufenthalt Jugendstrafen verbüßt und mussten zur weiteren Bestrafung im Leipziger Schlachthof arbeiten.

Dort wurden ihnen die minderwertigsten Arbeiten zugeteilt. Davor gab es kein Entrinnen. Mit einem Kleinbus wurden sie am Morgen abgeholt und am Abend in das Heim zurückgebracht. Sie standen ständig unter Aufsicht.

Monika war eines der betroffenen Mädchen, gerade einmal siebzehn Jahre alt. Ich fand sie besonders hübsch und liebenswürdig.

Warum sie eine Jugendstrafe bekommen hatte, sie hat es mir nie erzählt. Aus Angst, dass es etwas Schlimmes war, habe ich nicht gefragt.

Monika hatte immer Hunger, konnte aber während der speziellen Arbeiten im Schlachthof nichts essen. Sie stahl deshalb oft für ihr Abendessen im Heim. Als sie zum wiederholten Male beim Diebstahl erwischt wurde, sie hatte Wurst unter ihrem Kittel versteckt, kam sie in ein Arbeitslager.

Wir, ihre Mitbewohnerinnen, mussten ihren Schrank ausräumen und säubern.

Der Schrank war mit verdorbenen Lebensmitteln angefüllt, sie fielen uns beim Öffnen entgegen.

Tage, nachdem sie abtransportiert war, habe ich ihr einmal geschrieben, bekam jedoch nie eine Antwort. Sicher hat sie meine Post nie bekommen. Briefe für uns Mädchen, die im Heim ankamen, wurden von der Heimleitung geöffnet und gelesen. Das sah ich als eine Verletzung der Persönlichkeit an. Denn uns jungen Menschen wurde ständig von Freiheit, Demokratie und Sozialismus gepredigt.

Als auch die ersten Briefe von meinem Freund an mich geöffnet wurden, war ich empört und traurig. Später habe ich bestimmte Briefe zu meiner Freundin oder in den Betrieb schicken lassen, um meine kleinen Geheimnisse zu bewahren.

Nachdem ich ein Jahr im Heim war, wurden meine Briefe eine Zeitlang nicht mehr geöffnet. Es sollte eine Belohnung für gute Führung sein und da ich die >politisch schlechte Erziehung durch die Pflegeeltern< überwunden hätte, teilte mir die Heimleiterin mit.

Das glaubte ich zu dieser Zeit noch, später nicht mehr. Sie übergaben mir die Briefe verschlossen, doch ob sie vorher geöffnet wurden, war nicht fest zu stellen.

Monate später verstieß ich wieder einmal gegen die Regeln im Heim. Sofort wurden alle ankommenden Briefe geöffnet. Weitere Strafen im Heim waren Ausgangssperren und die Verweigerung des mir zustehenden Taschengeldes. Strafen im Haus zu putzen oder in der Küche zu helfen bekam ich selten.

Mädchen, die keiner Arbeit nachgingen, gab es im Heim genug, sie waren für diese Arbeiten eingeteilt und dadurch immer unter Aufsicht.

Besonders hart traf es mich, wenn ich zur Strafe keine Musikinstrumente benutzen durfte. Wir hatten im Heim ein Klavier und ein Akkordeon zur Verfügung. Eine Blockflöte war zum Glück mein Eigentum, diese konnte ich behalten.

Ein Vergehen nannten es die Erzieherinnen zum Beispiel, wenn ich aus Zeitmangel nicht für die Wandzeitung arbeitete oder statt zu einer Demonstration lieber in den Zoo oder in das Kino ging.

Kino 1953 – Im Capitol, dem ältesten Kino in Leipzig, gab es den Westfilm > Sie tanzte nur einen Sommer < .

Der Film war erst ab achtzehn Jahre freigegeben. Überall im Heim und in der Berufsschule wurde begeistert von diesem Film erzählt. Auch ich wollte unbedingt in das Kino hinein. Zur Nachmittags-Vorstellung war die Menschenschlange nicht so lang und ich stellte mich an einer der Kassen an.

An der Tür zum Kinosaal konnte ich sehen, dass einige Jugendliche nicht hinein durften, der Ausweis wurde verlangt. Meine Gier, den Film zu sehen, siegte.

Ich sprach ein freundlich aussehendes Ehepaar an. Sie nahmen meine Kinokarte an und mich in ihre Mitte. Ohne einen Ausweis zu verlangen, ließ uns die Platzanweiserin eintreten. Es war dunkel im Kinosaal, ich bedankte mich bei dem Paar, das sich ein Lächeln nicht verbeißen konnte, und suchte einen Platz auf. Das war der einzige Westfilm, den ich in meiner DDR Zeit sehen konnte.

Nach Jahren sah ich mir diesen begehrten Film in Westdeutschland nochmals an. Da sah ich auch die Szenen, die in der DDR nicht gezeigt wurden.

Eine Filmkontrolle in der DDR bestand auf das Herausschneiden dieser Szenen.

Ein Ereignis war schlimm für uns Mädchen im Heim. Wir wurden beim Stehlen von Brot aus der Heimküche erwischt. Die Not und großer Hunger hatten uns dazu verleitet, heimlich zur großen Küche zu gehen. Die Haupttür stand offen, nur die halbe Holztür, wie eine Klöntür auf dem Land, war verschlossen.

Monika und ich kletterten über die halbe Tür und nahmen uns jeder einen halben Brotlaib. Dann gingen wir in den Garten und zogen frische Lauchzwiebeln aus der lockeren, dunklen Erde. Frisches Brot und Zwiebeln, das schmeckte, es war ein Genuss.

In unserem Schlaf- und Gruppenzimmer saßen wir gemütlich essend am Tisch, als die Köchin und eine Erzieherin ohne anzuklopfen hereinkamen.

Ohne anklopfen, das war so üblich im Heim, einen Zimmerschlüssel gab es nicht. Sie schrieen uns laut an, hatten kein Mitleid, wollten nichts vom Hunger hören.

Zur Strafe wurde uns das Abendbrot auch gestrichen, das restliche Brot nahm die Köchin für ihre Kaninchen mit nach Hause, was sie triumphierend verkündigte.

Als Jugendkorrespondentin schrieb ich während meines Heimaufenthaltes kleine Artikel für die Leipziger Volkszeitung. Es gab in der Redaktion neben den Redakteuren auch Volkskorrespondenten, das waren erwachsene, berufstätige Personen. Pro Zeile bekamen wir ein geringes Entgelt. Das wurde für mich von der Buchhaltung per Postanweisung in das Heim geschickt.

Dieses Geld und das Lehrlingsgehalt behielt die Heimleitung ein, um es für den Unterhalt zu verrechnen oder mir als Taschengeld zuzuteilen. Der größte Teil wurde für den Heimaufenthalt einbehalten. Für Bücher, Leibwäsche, Strümpfe und lebenswichtige Sachen mussten wir Mädchen einen Antrag stellen. Samstags war die Auszahlung. Um das zu umgehen, ließ ich das Geld von der Zeitung alsbald in den Betrieb überweisen.

Wie sehr freute ich mich, wenn der Geldbriefträger kam. Dann wurde ich zum Pförtner gerufen. Es ist nicht schön, wenn man diese Umwege gehen muss und dadurch zu Heimlichkeiten erzogen wird.

Im Lehrbetrieb > Deutsche Graphische Werkstätten < wurde ein Wimpel für gute Arbeit und im Heim ein Wimpel für das Beste Gemeinschaftszimmer verliehen.

Einige strebsame Mädchen im Heim, wollten diesen Wimpel unbedingt haben. Ich legte darauf keinen Wert, denn es beinhaltete auch, andere Mädchen zu bespitzeln und zu verraten. So musste ich oft in ein anderes Zimmer umziehen, wenn die Mädchen mich nicht im Zimmer haben wollten. Der Wimpel war für sie eine Auszeichnung, ich machte mir nichts aus diesen und ähnlichen Symbolen. Nur alles mit zu machen, um bei den anderen Mädchen beliebt sein, das war nicht mein Ding.

Da ich schon in jungen Jahren etwas erreichen wollte, ging ich am Abend zur Arbeiter- und Bauernfakultät, ABF genannt. Literatur war eines der von mir belegten Hauptfächer. Sozialistischer Realismus stand immer im Vordergrund in der Fakultät.

Für Theater- und Konzertbesuche interessierte ich mich außerdem. Schön, dass die Lehrlinge vom Betrieb verbilligte Karten dafür bekamen.

Meine beste schon ältere Freundin Gisela, sie studierte Medizin, und ihr Verlobter Rolf, nahmen mich eines Tages mit in die Oper.

Dort trafen wir den Freund von Rolf. Helmut wurde mein erster Freund.

Anschließend luden mich die Freunde zum Essen ein. Ich wusste natürlich, dass ich dann zu spät in das Heim kommen würde, doch der Hunger siegte. Wir bekamen in der HO-Gaststätte Kartoffelsalat mit Würstchen und Rolf kaufte uns, seinen Damen, wie er sagte, danach Pralinen zum Mitnehmen.

Anschließend fuhren wir, noch immer in fröhlicher Stimmung, mit der Straßenbahn zum Jugendwohnheim - Völkerfreundschaft.

Das Heim war bis 22 Uhr geöffnet, um 23 Uhr kamen wir erst an. Das Tor war schon verschlossen, der Hund des Hausmeisters kläffte uns entgegen.

Ich habe geklingelt, wir haben gerufen, es rührte sich nichts. Wir gingen gemeinsam zur nächsten Telefonzelle. Gisela sprach mit der Erzieherin, als diese endlich an den Apparat kam.

Die Diensthabende Erzieherin schimpfte und sagte zu meiner Freundin Gisela, Strafe muss sein. Nach wenigen Minuten öffnete sie mir das Hoftor. Sie gönnte mir keinen Blick, schrie nur: „Die Mädchen werden Dich richten."

Es war im Dezember, sehr kalt und zugig im Treppenhaus. So erschrak ich sehr, als mein Bett und ein Stuhl auf dem untersten Potest standen.

Die Mädchen hatten mich ausquartiert, ich musste im Treppenhaus schlafen. Verängstigt und frierend futterte ich das Geschenk, die süßen Pralinen auf.

Der Schokoladenüberzug, Fitelade genannt, war nur eine Imitation, doch mir wurde vom Essen wärmer. Irgendwann schlief ich erschöpft ein.

Am nächsten Tag war wie immer am Sonntagmorgen Fahnenappell auf dem Hof. Feierlich zogen die Gruppenbesten, die Fahne mit dem Emblem Hammer und Zirkel in die Höhe. Wir sangen ein Morgenlied. Ich musste mit den anderen Übeltäterinnen der vergangenen Woche, am Pranger stehen.

Vier Wochen Ausgangssperre für die Sonntage. Am Samstag sofort nach der Arbeit in das Heim kommen, das war das Urteil für mich.

Da ich mich im zugigen Treppenhaus stark erkältet hatte, machte es mir nichts aus, ich blieb gern im Haus. Oft las ich an den Wochenenden der Gefangenschaft meinen Mitschwestern vor. Sie hörten besonders gern zu, wenn ich die von mir erlebten Geschichten aus meiner Kindheit vorlas oder erzählte. Es kam vor, dass sie weinten, weil es anrührend, traurig und aussichtslos erschien und die Situation im Heim kaum anders war.

Drei Nächte hintereinander schoben die Mädchen mein Bett, am Abend in das Treppenhaus. Durch mich hatten sie wieder keinen Wimpel für gute Führung im Wohnheim erhalten. Das war die Strategie des Erziehers und Philosophen Makarenko, wir sollten uns auf diese Art gegenseitig erziehen.

Ich habe mich oft gefragt, wo bleibt die Hoffnung, die Zuwendung durch die Erzieherinnen oder gar ein wenig Liebe? Diese entbehrten Gefühle vermissen Menschen ein Leben lang. Sie können nicht ersetzt oder nachgeholt werden. Der Beweis dafür liegt auf der Hand, die meisten Heimkinder haben es später nicht geschafft, ein normales Leben zu führen.

Bei der Heimerziehung in der DDR wurde das nicht berücksichtigt. Zumindest in den Heimen, die mir als ein Zuhause dienen sollten.

In den Werken Makarenkos >Der Weg in das Leben< und >Flaggen auf den Türmen< kann man diese Methode nachlesen. In der Schule, im Betrieb und im Heim bekamen wir Jugendlichen Bücher des >Sozialistischen Realismus< empfohlen und mussten Buchbesprechungen abhalten.

Die gesamte westliche Literatur, die Weltliteratur blieb mir verschlossen, denn selten borgten mir Kollegen diese Bücher. Außerdem mussten wir mit der in der DDR verbotenen Literatur vorsichtig umgehen, Verstöße wurden strengstens bestraft.

Es war nicht nur die einseitige Literatur, die mir zu schaffen machte, auch die politische Erziehung durch die Berufsschule und den Lehrbetrieb.

Als Kind bei den Jungen Pionieren oder später als Jugendliche in der FDJ, >Freie Deutsche Jugend< zu sein, war fast selbstverständlich und wurde für das Studium oder den Beruf verlangt. Mich dagegen aufzulehnen, kam mir in der Kinderzeit, ohne jede andere Aufklärung, bei den Pflegeeltern nicht in den Sinn. In einem guten Elternhaus, in dem den Kindern Werte vermittelt wurden, wo mit den Kindern geredet wurde, konnte es auch anders sein. Ich musste erst erwachsen werden, um meinen Weg zu finden.

In der FDJ-Betriebsgruppe war ich zunächst gut aufgehoben und lernte, wenn auch unter dem Mantel der Verschwiegenheit, andere Meinungen kennen. Nicht alle Jungen und Mädchen standen hinter dem Staat. Wir machten, für unsere Begriffe, das Beste aus der Situation.

An geplanten Wochenenden im Betriebsferienheim am Großsteinberger See hatten wir Freude und tolle Erlebnisse. Natürlich bekamen wir Aufträge, wie zum Beispiel eine Wandzeitung zu gestalten oder alle ein bestimmtes Buch zu lesen. Das Buch las dann nur ein Teil von uns und diktierte das Wesentliche, für die Buchbesprechung am Wochenanfang im Lehrbetrieb.

Andere klebten, schrieben und malten die Artikel für die Wandzeitung, die jeden Montag im Betrieb erneuert wurde. Bis spät in die Nacht saßen wir am Lagerfeuer und sangen, meist russische Volkslieder. Russisch war in der DDR ein Hauptfach in den Schulen. Wir liebten die Lieder besonders wegen der Melancholie. Oft sang ich den Text und die im Kreis sitzenden Kolleginnen und Kollegen summten die Melodie. Auch die älteren männlichen Kollegen aus dem ersten und zweiten Gehilfenjahr, waren dabei.

Sie sollten uns betreuen und beaufsichtigen. Um Mitternacht paddelte ich mit dem Gehilfen Winfried auf dem See und verliebte mich. Ein erstes Verliebtsein in einen Mann, leider einseitig. Doch unvergesslich schön.

Diese und andere so romantische Erlebnisse hatte ich in der FDJ-Gruppe. Das Jugendleben war zum Teil recht erlebnisreich und gut, um nicht allein zu sein.

Was mir daran missfiel, waren einige Zwänge. Ständig wurde ich, wie auch alle anderen, aufgefordert in die GST – Gesellschaft für Sport und Technik, einzutreten.

An einer Schießübung mit Luftgewehren mussten wir Lehrlinge teilnehmen. Ich stellte mich so ungeschickt an, dass ich sofort davon befreit wurde. Das wollte ich auch.

Eine andere Aufgabe, dem Radrennfahrer Herrn Schur eine schwarze Lederhose als Geschenk vom Betrieb zu überreichen, übernahm ich gern. Dazu wurde ich vom Unterricht befreit und zur Veranstaltung delegiert. Dass er so ein guter und erfolgreicher Rennfahrer werden würde, konnte ich nicht ahnen.

Weiterhin nervte es mich, dass der SED-Leiter des Betriebes darauf bestand, dass wir Lehrlinge zu Parteiveranstaltungen in den Betrieb kamen. Es wurde für die Partei geworben. Zum Glück konnte ich mich dagegen wehren, ich war mit fünfzehn Jahren zu jung, selbst für eine Anwärterin.

1953 Ruth, Freund Helmut und Gisela (von links)

DDR - Jugendleben

Das Jugendleben bestand zum Glück nicht nur aus politischen Veranstaltungen. Was gut und richtig war, konnten wir Jugendlichen im Alter von 14 bis 15 Jahren nicht immer unterscheiden. Zumal wir Mädchen und Jungen aus den Jugendwohnheimen.

Wir sollten im freiheitlichen, fortschrittlichen, sozialistischen Sinn erzogen werden. Dass es anders sein könnte, merkte ich im Betrieb durch die älteren Gesellen und Lehrlinge, die zu Hause wohnten. Der Einfluss im Elternhaus, durch die Eltern, spielte eine große Rolle.

Selbst meine Freundin Gisela bekam zur Verlobung einen wunderbaren Kleiderstoff aus dem Westen. Ihre Eltern waren geschieden, der Vater lebte dort.

Da sie FDJ-Leiterin war und Medizin studieren wollte, durfte das kein Mensch wissen, ich konnte schweigen. Von ihr bekam ich mehrmals getragene Kleidungsstücke geschenkt. Wenn sie mir nicht passten, half mir Giselas Mutter bei der Änderung. Auch dabei lernte ich wieder für später, um mir meine Kleidung zu nähen.

Inzwischen hatte ich die Eltern meines Stiefvaters ausfindig gemacht. Er wurde nach dem Krieg aus der Gefangenschaft in den Westen entlassen. Die Adresse, er lebte in Braunschweig, gaben mir seine Eltern nicht, sie wollten mir jedoch helfen und vermittelten meine Briefe. Im Heim durfte das keinesfalls bekannt werden.

Im Lehrbetrieb freundete ich mich mit Lotti an. Mit ihr konnte ich über alles sprechen, auch dass ich nach der Lehrzeit nicht in der DDR bleiben wollte.

Sie war im dritten Lehrjahr zur Schriftsetzerin und wohnte in einem Vorort von Leipzig. Dort ging es ländlich zu, es gab jährlich ein Sommerfest. Meine Freude war groß, als Lotti mich zum Fest einlud.

An einem Sonntagvormittag fuhr ich mit dem Bus nach Rackwitz. Lotti holte mich an der Endstation ab. Sie stellte mich ihren Eltern vor und ich wurde zum Mittagessen eingeladen. Es überkam mich ein wohliges Gefühl, ich merkte, dass ich in der Familie willkommen war. Später liefen wir gut gelaunt und albernd zur Festwiese. Schießbuden, Stände mit Spittelkram, eine Losbude, die Kahnschaukel und ein Karussell luden ein. Es roch nach Bratwurst und Quarkkeulchen.

Blechkuchen, den die Bauersleute gebacken hatten, war im Handumdrehen ausverkauft. Mir gefiel es besonders auf der Kahnschaukel, der Betreiber ermahnte mich jedoch, nicht zu hoch zu fliegen.

Zum Abschluss kaufte Lotti mir ein Los, ich musste es ziehen und gewann. Kaum zu fassen, dass es ein Hauptgewinn war, ein junges, wolliges Kaninchen. Ein Weidenkörbchen wurde mitgeliefert. Was nun? Lotti bestand darauf, dass ich es mitnahm.

Sie dürfen es dir nicht wegnehmen, sagte sie. Während der Heimfahrt streichelte ich das graubraune Tier. Wie könnte ich nur den süßen Wollknäuel behalten, hämmerte es in meinem Kopf.

Meine Mitbewohnerinnen waren begeistert und überlegten mit mir gemeinsam, einen Stall zu bauen, als aus dem Zimmerlautsprecher die Nachtruhe verkündet

118

wurde: „Licht aus und Ruhe". So baute ich dem Stallhasen vorerst ein Nachtlager unter meinem Bett. Am Morgen fütterte ich ihn mit dem Frühstücksbrot und ging zur Arbeit. An diesem Tag konnte ich mich kaum auf das Setzen der Buchstaben oder Berechnen des Satzumfanges konzentrieren. Hoffentlich würden die Erzieherinnen das Kaninchen nicht finden.

Herr Pauli bemerkte meine Unaufmerksamkeit und sagte lachend: „Aha, Montagsmüde, Du hast wohl nicht ausgeschlafen. Am Montag gibt es bei den Schriftsetzern die meisten Zwiebelfische."

Da erzählte ich ihm stolz von meinem Haustier. Er konnte ein Schmunzeln nicht verbergen. Was ich nicht wissen konnte: Leider, leider, war mein Hauptgewinn inzwischen ausgebüxt und von einer der Küchenhilfen gefangen worden.

Am Abend im Heim, empfing Monika mich mit der traurigen Nachricht. Die Erzieherin Elke tröstete mich, sie sagte, die Küchenhilfe hätte viele Kaninchen und würde es für mich füttern. Auch könne ich es besuchen. Dazu kam es nie. Die Freude und das Erlebnis vom Sommerfest, blieben trotzdem lange in der Erinnerung.

Ein neues Erlebnis, erste Liebe im Lehrbetrieb. Dass diese Liebe einseitig war, merkte ich erst nach längerer Zeit. Mein Kollege Winfried war im ersten Gehilfenjahr und stand mir in einer Setzergasse gegenüber. Er sah gut aus, war schlank und hatte blonde Haare. Besonders liebenswert empfand ich seine leise, ruhige Art.

Ich wandte mich an ihn, wenn ich berufliche Fragen hatte. Das war so üblich, wir Lehrlinge wurden den Gehilfen, für bestimmte Arbeiten zugeteilt.

Im Lehrbetrieb wurden wissenschaftliche Broschüren gesetzt und gedruckt. Da ich im zweiten Lehrjahr war, half ich dem Gesellen Winfried bei der Satzherstellung für die Zeitschrift >Schweißtechnik<. Der Formelsatz war schwierig und Winfried konnte mir oft helfen. Das sah ich in meiner Verliebtheit, als besondere Zuneigung an.

Viele Vergnügungen gab es in dieser Zeit nicht und so veranstaltete Winfried im Sommer ein Gartenfest. Es sollte im Garten seiner Eltern stattfinden.

Diese Feste waren in der DDR besonders beliebt und das Grillen von Bratwurst gehörte dazu, auch eine Bowle von Früchten aus dem Garten. Wer hatte, schüttete ordentlich viel Korn hinein. Statt Sekt kam ein Schaumwein dazu. Winfried hatte alle Lehrlinge und Gesellen die er mochte dazu eingeladen.

Ich freute mich darauf und machte mir Gedanken, was ich anziehen könnte. Wir Wohnheimmädchen hatten im Zimmer jede einen Metallspind, er war für sämtliche Kleidungsstücke gedacht und nur 60 cm breit. In meinem Spind befand sich der dunkelblaue FDJ-Rock, zwei FDJ-Blusen und zwei leichte Sommerkleider. Eine Jacke, der Wintermantel und die Leibwäsche. Die Arbeitskittel konnten im Betrieb bleiben, sie wurden dort auch gewaschen.

Eine große Auswahl an Kleidung für das Gartenfest war also nicht in meinem Besitz. Nach Beratung mit den Mädchen entschied ich mich für das türkisblaue Sommerkleid. Ulla borgte mir ihre weiße Strickjacke und Monika die Perlonstrümpfe. Mit den Wollsöckchen konnte ich unmöglich gehen und Perlonstrümpfe oder gar Nylons hatte ich nicht. Die waren so teuer, da hätte mein Taschengeld für einen Monat nicht ausgereicht.

In der Praxis sah es nicht gut aus, denn wie sollte ich die Strümpfe ersetzen, wenn sie nicht heil blieben.

Das fiel mir erst ein, als ich im Dämmerlicht den Schrebergarten betrat.

Buschwerk und Gestrüpp musste ich meiden, auch Tisch- und Stuhlbeine der Gartenmöbel. Vorsichtig und steif bewegte ich mich zwischen den Gästen. Ich passte auf die Strümpfe auf, die keiner sehen konnte, es wurde schnell dunkel. Winfried spielte auf dem Akkordeon zum Tanz auf und konnte mich erst in einer Tanzpause begrüßen. Dabei stellte er mir seine Freundin vor.

Dass er eine Freundin hatte, wusste ich vordem nicht. Meine Enttäuschung war deshalb sehr groß. Als später die Tanzmusik vom Tonband erklang, tanzte er einmal mit mir. Ich vergaß sofort seine Freundin und die geborgten Perlonstrümpfe. Letztere blieben zum Glück unversehrt. Im Ganzen gesehen war es ein netter Abend. Heimlich schwärmte ich weiter für Winfried.

Zum Tag der >Sozialistischen-Oktoberrevolution< wurden alle Jugendlichen aus dem Betrieb aufgefordert, einen Beitrag zu leisten. Unsere Abteilung entschloss sich für ein Theaterstück.

Wir übten gemeinsam für die Aufführung des Stückes: >Otto der Kulturorganisator<. Auch Winfried und meine Freundin Lotti waren dabei. Wir hielten es für eine schöne Abwechslung. Dieser >Otto< konnte Berge versetzen, und da es zu wenige männliche Darsteller gab, war ich Otto, der Kulturorganisator.

Natürlich war das Stück vorgegeben und politisch angehaucht. Lieber hätten wir einen Klassiker gespielt.

Die Proben fanden nach Feierabend in einer großen Halle der Druckerei statt, anschließend genossen wir den Abend auf unsere Weise. Fast immer spielte Winfried zum Schluss der Proben auf dem Akkordeon. Meistens melancholische Lieder oder verbotene Westschlager. Tanzen und Singen konnten wir alle, er war schön, dieser Teil des Jugendlebens.

Die Veranstaltungen zu den Feiern am ersten Mai jeden Jahres, zum Tag der Arbeit, mussten wir Lehrlinge auch mitgestalten. Da gab es kein Entrinnen. Am frühen Morgen trafen sich die Betriebsangehörigen vor dem Eingang des Betriebes. Die Einteilung in Gruppen nahmen die Leiter von FDJ und Partei vor. Es ging zur Demonstration. In einem Jahr wurde unsere Abteilung, die Schriftsetzerei ausgewählt, gemeinsam mit der Gruppe GST > Gesellschaft für Sport und Technik < zu demonstrieren.

Auch ich musste, wie meine Kolleginnen und Kollegen, mit einem Luftgewehr über der Schulter marschieren. Das war körperlich und psychisch anstrengend. Mehr noch für den Schriftsetzerlehrling Siegfried, er trug die schwarz-rot-goldene Fahne mit dem Emblem > Hammer und Sichel < vor uns her.

Grässlich, das andauernde Stehen bleiben im Stau, nicht nur vor der großen Tribüne am Karl-Marx-Platz.

Auf uns Jugendliche achteten die Parteigenossen des Betriebes besonders, wir konnten uns nicht vorzeitig vom Umzug entfernen.

Am Tag nach dem Umzug, erzählten die älteren Kollegen, wie sie sich schnellstens verdrückt hatten. Für einige war es die Hauptsache, dass sie am Morgen gesehen wurden, um eventuellen Repressalien aus dem Weg zu gehen.

Wer wen im Betrieb beobachtete und bespitzelte, hatte ich zu Anfang der Lehrzeit nicht bemerkt.

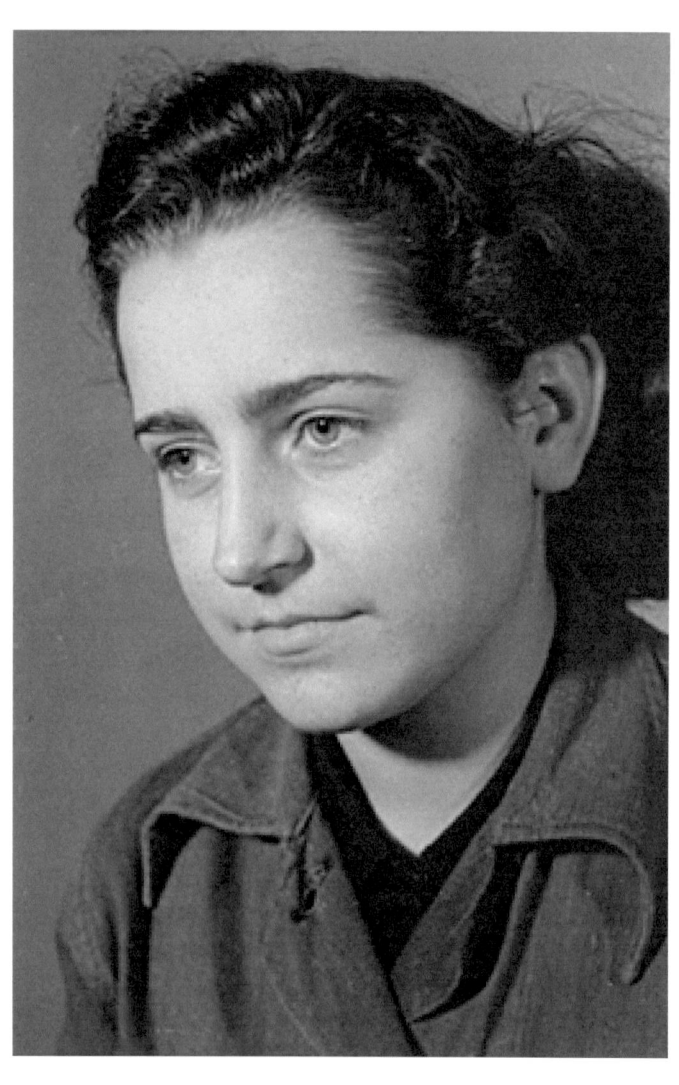

Freundin / Kollegin Lotte Buchwald

Lehrlinge sind keine Kaffee - Holer

Seit meinem 14. Lebensjahr betätigte ich mich als Jugendkorrespondentin für die Leipziger Volkszeitung. Diese Mitarbeit hatte sich bereits in der Hauptschule, der achten Klasse ergeben. Eine eingereichte Reportage über eine Sportveranstaltung in der Schule gefiel den Juroren. Daran erinnerte ich mich, als mir einige Umstände in der Handsetzerei nicht gefielen.

Abwechselnd waren je zwei Lehrlinge eine Woche für den Sozialdienst eingeteilt. Dazu gehörte auch, zum Frühstück für die Kollegen der Abteilung einzukaufen und den Kaffee aus der Kantine zu holen. Der schwarze Kaffee, auch Muckefuck genannt, füllte große Blechkannen. Für einen Teil der Kollegen mussten wir in der Mittagspause das Essen abholen.

Die Blechkannen und Henkeltöpfe mit dem Essen stellten wir auf einen Tafelwagen. Der Transport ging über den Hof und mit dem Fahrstuhl in das Obergeschoss, in die Setzerei. Das kostete Zeit. In der Kantine befand sich ferner eine HO – Verkaufsstelle. Wenn es etwas Besonderes gab, wie Käse, Früchte, gute Seife oder zum Beispiel Toilettenpapier, mussten wir für die Kollegen einkaufen.

Zuerst abfragen, wer was möchte, auflisten und das Geld einsammeln. Auch das kostete Zeit, die uns zum Lernen fehlte. Außerdem beinhaltete der Sozialdienst, Wege innerhalb und außerhalb des Betriebes zu erledigen. Für den Meister die Brille von zu Hause holen, für den Kalfaktor zur Apotheke gehen und ähnliche

Aufträge. Ständig schickten uns die älteren Kollegen in das Materiallager.

Mit den neuen Lehrlingen, auch Stifte genannt, machten sie gern einen Scherz. Im ersten Monat der Lehrzeit schickten sie mich in das Kellerlager, um Rasterpunkte zu holen.

Andere sollten die Bleiläuse aus den Setzkästen beseitigen, was auch ein Scherz war. Zum Feierabend mussten die Böden gefegt werden. Ein weiterer Punkt, der alle Lehrlinge betraf, waren Nebenarbeiten. Wir mussten in der Schriftgießerei Hilfsarbeiten verrichten. Diese waren auch noch gesundheitsschädlich, zum Beispiel das Reinigen der Messingmatrizen. Mir wurde von den Lösungsmitteln, es roch nach Äther, immer schwindelig. Einige Lehrlinge fanden diese Benebelung ganz lustig, sie fühlten sich wie betrunken.

Über das Ablegen der ausgedruckten Schriftsätze wollte ich mich nicht beschweren, das gehörte zum Beruf. Da werden die einzelnen Bleibuchstaben, auch Lettern genannt, zurück in die Kästen gelegt. Das muss sehr sorgfältig geschehen, die richtige Schriftart und Größe muss zurück in den richtigen Kasten. Liegt ein Buchstabe im falschen Fach oder gar Kasten, so ist das ein Zwiebelfisch. Bleistege, Linien und Regletten gehören zum Ablegen dazu.

Es war nun so, dass wir Lehrlinge oft tagelang ablegen mussten, auch die Sätze der Gesellen. Wieder verlorene Zeit für die Ausbildung. Darüber war ich so wütend, dass ich einen Artikel an die Leipziger Volkszeitung schrieb. Einige Tage später kam ein Fotoredakteur in den Lehrbetrieb   und fotografierte zwei Lehrlinge beim

Kaffeeholen. Sie transportierten die Blechkannen über den Hof zum Fahrstuhl.

Die Aufregung in der Setzerei, als das Foto und mein Artikel mit der Überschrift >Lehrlinge sind keine Kaffeeholer< in der Tageszeitung erschienen, war eine Größere. Ich hatte weder vom Artikel noch vom Foto etwas gesagt, oder wegen der Veröffentlichung gefragt. Heute weiß ich, dass das nicht korrekt war. Die Lehrlinge freuten sich allerdings, dass ich diese Missstände beschrieben hatte.

Sofort nach der Frühstückspause wurde ich zum Betriebsleiter bestellt. Er hielt mir einen längeren Vortrag, dass ich auf diesem Wege der Druckerei großen Schaden zufügte. Ein Verbesserungsvorschlag von mir wäre besser angekommen. An diese Möglichkeit hatte ich in meinem Eifer nicht gedacht.

Dass unsere Lehrlingsgruppe in diesem Monat keinen Wimpel, also keine Auszeichnung für gute Arbeit erhalten würde, interessierte mich wenig.

Ich zeigte dem Betriebsleiter das Berichtsheft des letzten halben Jahres. Viele Stunden waren im Heft als Sozial-Dienst ausgewiesen und vom Lehrmeister abgezeichnet. Dabei bemerkte ich, dass der Betriebsleiter erstaunt über die vielen Stunden des Sozialdienstes war.

Um nichts zuzugeben und mich in die Enge zu treiben, fing er wieder von der Betriebsparteigruppe zu reden an.

Er wollte mir einen Parteipaten zur Seite stellen, mit dem könnte ich solche Angelegenheiten besprechen und zwar bevor es zum Druck, an die Zeitung geht. Mit sechzehn Jahren würde ich mich ja sicher in der Partei bewerben, meinte er zum Abschluss des Gespräches. Das hatte ich allerdings nicht vor.

Mein Lehrausbilder sagte mir ebenfalls ärgerlich, ich hätte ihn vor dem Schreiben informieren müssen.

Herr Pauli war mir jedoch nicht lange böse, dass ich selbstständig gehandelt hatte.

Freudig überrascht reagierten er und die Lehrlinge, als der Sozialdienst wenig später abgeschafft wurde. Die Personalabteilung stellte für die Setzerei einen Hilfsarbeiter ein.

Dieser Mann übernahm alle innerbetrieblichen Wege, das Kaffeeholen, Einkäufe in der HO und das Auskehren der Arbeitsräume am Abend. Zum Teil legte er auch die ausgedruckten Schriftsätze ab.

Wenn, was selten vorkam, der Lehrmeister oder ein Geselle einen dringenden Weg für uns Lehrlinge hatte, übernahmen wir das gern. Denn nun hatten wir genügend Zeit, für die eigentlichen Arbeiten der Ausbildung.

Kuss mit FDJ – Buch

Sommer, Wärme, Leichtigkeit. Es ist die letzte Stunde der Klasse S1 in der Gutenbergschule. Chemieunterricht bei Lehrer Fröhlich.
Gelangweilt sah ich aus dem Fenster, wann klingelt es denn endlich. Von meinem Platz aus konnte ich den Johannisfriedhof sehen. Üppige, leuchtende Farben der Sträucher und Bäume glänzten mich an. Grau und rötlich leuchteten die alten Grabsteine aus der Vergangenheit. Musiker und berühmte Literaten wurden einst dort begraben.

Warum also gelangweilt? Chemie war zu dieser Zeit nicht gerade meine Stärke und die Gedanken ganz wo anders. Soeben hatte Lehrer Fröhlich die gesamte Klasse getadelt, alle würden wir einen Eintrag in das Klassen-Buch und Halbjahreszeugnis bekommen.

Da es bei ihm niemals fröhlich zuging, hatten wir in den vergangenen Wochen mehrmals diese letzte Unterrichtsstunde geschwänzt, uns stattdessen auf dem Friedhof umgesehen. Herumgetrieben nannte es der Lehrer. Für uns Lehrlinge Gutenbergs, wir waren der >Schwarzen Kunst< buchstäblich verfallen, war es auf dem Friedhof interessanter und informativer als im Chemieunterricht.

Herrlich die alten, verwitterten Grabsteine mit den Inschriften, die wir zu entziffern suchten.

Ich dachte an diesem Tag an die nächste Hürde, die es für mich zu nehmen galt. In der Schule gab es einen

FDJ-Leiter, Herrn Klaus Winter. Er hatte mich nach der Stunde in sein Büro bestellt. Obwohl mir bei diesem Gedanken nicht wohl war, fieberte ich der Begegnung entgegen. Ein Gefühl, dass ich vorerst nicht richtig einordnen konnte und wollte. Mit meiner Freundin Ute, sie saß neben mir in der Klasse, hatte ich ausgiebig über das Thema Klaus Winter gesprochen. Ute war wie fast alle Mädchen für Klaus eingenommen.

Er war 22 Jahre alt, groß und schlank. Seine welligen dunklen Haare und die blauen Augen, ließen uns schwärmen, ein Typ zum Verlieben. So war Ute davon überzeugt, dass es mich auch gepackt hätte.

Seit Beginn meiner Schriftsetzerlehre war auch ich Mitglied in der FDJ-Betriebsgruppe, ohne jedoch aktiv mitzuarbeiten. Meine größte Befürchtung war nun, Klaus Winter würde mir wegen dieser Passivität einen Verweis erteilen. In Gedanken legte ich mir eine stimmige Entschuldigung bereit.

Tatsächlich blieb mir kaum Zeit für Aktivitäten in der FDJ-Gruppe und mein Interesse dafür hielt sich in Grenzen. Das Lesen und Schreiben waren meine wichtigsten Beschäftigungen in der wenigen Freizeit. Dass ich mir von älteren Kollegen und von Mitschülern Bücher auslieh, die in der DDR verboten waren, durfte auf keinen Fall zur Sprache kommen.

Erschreckt durch das Klingeln der Schulglocke, wurden meine Gedanken unterbrochen. Erleichtert, endlich zu gehen, verabschiedete ich mich von Ute.

Sie konnte es nicht lassen, mir eine Mahnung mit auf den Weg zu geben: „Sei vorsichtig und verlobe Dich nicht gleich mit Klaus Winter", waren ihre Worte. Ich winkte böse ab: „Du spinnst ja wohl, ich weiß wirklich nicht was er von mir will." Ute, zwei Jahre älter als ich, lächelte verschmitzt und dachte sich ihren Teil.

Sie hatte schon länger einen festen Freund, sie gingen zusammen, sagten wir dazu.

„Also, dann bis Montag und bleib mir treu." Mit diesen Worten lief Ute aus dem Klassenraum. Ich packte die Bücher ein und verabschiedete mich von den anderen Schriftsetzerlehrlingen.

Das Büro des FDJ-Leiters befand sich im Dachgeschoss des Schulgebäudes. Noch etwas atemlos vom Treppensteigen klopfte ich an die Tür des Büros und betrat den Raum. Auch dieser hatte große Fenster zur Südseite mit Blick zum Johannesfriedhof, ein Blick in das Grün der alten Bäume. Doch das sah ich heute nicht. Klaus saß am Schreibtisch und tat sehr geschäftig. Ohne sich zu erheben, reichte er mir die Hand zum Gruß.

Als ich stehen blieb, sagte er: „Setz Dich, wir müssen heute ernsthaft miteinander reden."

Wieso ernsthaft, dachte ich mit ungutem Gefühl und setzte mich vor den Schreibtisch. Mein Herz raste so sehr, als wollte es den Körper verlassen. Eine große Stille machte sich in dem ungemütlichen, kahlen Raum breit. Nur einige Plakate mit Abbildungen von Erich Honecker und Walter Ulbricht sowie ein farbiges Werbeplakat der „Deutsch Sowjetischen Freundschaft" schmückten die weißen Wände.

Mein Gegenüber sah mich, das junge Mädchen mit dem dicken Zopf, gebunden zu einem Pferdeschwanz, den großen dunkelbraunen Augen und ängstlichem Blick, prüfend an.

Ich werde sie schon für meine Aktion in der FDJ-Gruppe gewinnen, mag er gedacht haben.

Meine Verlegenheit blieb ihm nicht verborgen, und sie nahm weiter zu, als er mit Bedacht seine Fragen stellte.

Erstaunt beantwortete ich die Fragen zu meinen Pflegeeltern und warum ich im >Jugendwohnheim-Völkerfreundschaft< wohnte. Gerade darüber wollte und konnte ich nicht sprechen. Ich beantwortete nur das Nötigste, um nicht unhöflich zu sein.

Klaus sagte unvermittelt, dass alle Menschen in der DDR, auch wir Lehrlinge, Schüler und Schülerinnen der Gutenbergschule, am Aufbau des Landes mithelfen müssten. „Auch Du, liebe Ruth, bist keine Ausnahme. Es geht nicht an, nur die Vorteile des Sozialismus zu genießen, ohne dafür zu arbeiten.

Warum kommst Du nicht zu den Gruppenabenden und anderen Veranstaltungen der FDJ?"

Klaus wirkte plötzlich grob und erschreckend auf mich, ich zuckte merklich zusammen und stammelte verstört: „Das ist es, was ich Dir schon lange melden wollte, ich fand nur nicht den richtigen Zeitpunkt. Bitte glaube mir, ich muss nach der Schule und auch nach der Arbeit im Lehrbetrieb, immer sofort in das Heim kommen."

Die Miene von Klaus erhellte sich. „Wenn es nur das ist, dann werde ich mit der Heimleitung sprechen, verlass Dich darauf."

Natürlich hielt sich meine Begeisterung darüber in Grenzen. Im Heim wurde ich auch oft gemahnt, aktiver in der Jugendgruppe mit zu arbeiten. Klaus trat hinter meinen Stuhl und klopfte mir freundschaftlich auf die Schulter. Als ich aufspringen wollte, hielt er mich fest. Ich spürte, wie mir die Röte in die Wangen stieg und konnte mich nur mit aller Kraft aus seiner

Umklammerung befreien. Daraufhin öffnete Klaus die Tür: „Freundschaft", waren seine Worte, die ich nur mit einem gemurmelten Gruß erwiderte und die Tür von außen schloss. Was sollte ich davon halten, das Gefühl, dass er vielleicht doch in mich verliebt sein könnte, machte sich in mir breit, als ich schnellen Schrittes die Fachschule verließ. Ich erträumte es mir.

Noch immer laue Luft und abendlicher Sonnenschein, leichtfüßig lief ich über den Johannisplatz zum Karl-Marx - Platz, um eine Straßenbahn in Richtung Wahren zu erreichen. Dort war das Jugendwohnheim für Mädchen, mein Zuhause seit einem Jahr. Ich teilte mir mit drei Mädchen ein Zimmer.

Am Abend erzählte ich den Mitbewohnerinnen im Heim, vom Treffen mit Klaus Winter. Auch, dass die meisten Mädchen in der Klasse für ihn schwärmten, sowie von dem Tadel, dass ich nicht in der FDJ-Gruppe mitarbeiten würde.

„Dieser Mann ist mir ein Rätsel, was wollte er wirklich?" Die einhellige Meinung der Mädchen, er liebt dich mit Sicherheit und nur das zählt. Da half es wenig, mich verbal zu wehren. Tief im Inneren wünschte ich, sie hätten Recht. Wie oft wünschte ich mir einen Freund. Oft dachte ich über die verschiedenen Arten von Liebe nach. Ich bildete mir ein, mit meinen fünfzehn Jahren, etwas davon zu verstehen.

Die Mädchen ließen nicht locker, mit ihren Fragen: „Und was machst Du, wenn er Dich bei einem Treffen küssen will?" Ja, was würde ich tun? „ Ich würde ihm mein FDJ-Buch ins Gesicht schlagen, ganz bestimmt", behauptete ich.

„Das glaube ich nie und nimmer", sagte Rita, und Inka schloss sich ihrer Meinung an.

Nach einer Woche gab mir die Erzieherin einen Brief. Er war von Klaus Winter und wie immer in diesem Heim, von der Heimleitung geöffnet und gelesen. Verärgert darüber und erregt ging ich eiligst in unser Vierbettzimmer. Gut, dass meine Mitbewohnerinnen nicht anwesend waren. Mit Herzklopfen begann ich den Brief zu lesen. Schade, dass er nicht handgeschrieben war. Ich liebte es, verschiedene Schriften zu vergleichen und zu entziffern.

Mit freundlichen Worten und Erklärungen über die Notwendigkeit des Treffens lud Klaus mich zu einem Arbeitseinsatz auf das Gelände des neu, geplanten, Schwimmstadions ein. Am kommenden Sonntag sollten dort viele Leipziger Bürger ihre Aufbaustunden leisten. Zwar hatte ich mir ein nächstes Treffen mit Klaus anders vorgestellt, doch der Gedanke, es könnte ein Anfang sein, bereitete mir Vorfreude. Seite an Seite mit ihm zu arbeiten, was immer ich davon erhoffte. Später gelang es mir nicht, diese Vorfreude vor den Mädchen zu verbergen. So begannen von Neuen die Neckereien wegen der bevorstehenden Küsserei. Ich betonte wieder und wieder meinen Plan mit dem FDJ-Buch. Überzeugt davon war ich jedoch selbst nicht.

Sonntag, sieben Uhr, es regnete in Strömen. Ausgerechnet heute, dachte ich und zog mir wasserdichte Schuhe an. Leider hatte ich weder einen Regenmantel noch einen Anorak. Der blaue Trainingsanzug musste den Regen aushalten. Ich fuhr mit der Straßenbahn in Richtung Palmengarten zum Gelände des Sportstadions.

Das Schwimmstadion sollte gegenüber der Sport-Hochschule gebaut werden. Am Eingang zum Gelände wartete ich auf Klaus. Acht Uhr, nach und nach trafen die Helfer, auch die Arbeiter, Ausbilder und Lehrlinge meines Betriebes ein. Klaus kam noch immer nicht. Dann forderte mich ein Lehrer der Gutenbergschule auf, mitzukommen und das Werkzeug entgegen zu nehmen.

Mir wurde eine große Spitzhacke ausgehändigt. Ein sehr schweres unhandliches Werkzeug. Schwerstarbeit. Wie die anderen Helfer versuchte ich, das Erdreich aufzuhacken. Es ging nicht, der Boden war hart und zäh. Da gab man mir eine Schaufel, und ich musste die abgetragene Erde in eine Schubkarre transportieren. Trotz Regen und Wind hielt ich tapfer bis zum Abend durch. Mehrmals suchten meine Blicke in der Menschenmenge nach Klaus, er war nicht zu sehen.

War er plötzlich erkrankt, oder wollte er mich nur für diese Arbeit gewinnen, ohne selbst dabei zu sein? Auf diese Frage bekam ich nie eine Antwort, es blieb ein Rätsel. Beim Verlassen des Geländes erhielt auch ich einen Schein, über die geleisteten Aufbaustunden. Was sollte ich damit anfangen? Ich war total erschöpft! Wie würden die Mädchen im Heim auf meinen Bericht reagieren. Kein Klaus, kein Kuss, hätte ich das FDJ-Buch überhaupt benutzt? Im Heim angekommen, kam Rita mir schon auf dem Hof entgegen. Sie sah mir sofort die Erschöpfung an, sie kannte die sonst so strahlenden Augen. „Das war wohl kein gutes Treffen, liebe Ruth", sagte sie ohne jeden Spott. Später, im Zimmer mit den vier Betten, erzählte ich von der schweren Arbeit im Regen, und dass Klaus nicht dabei war. Ungewollt wurden meine Augen feucht, die Wangen rot, ich konnte die Tränen nicht mehr zurückhalten.

Da war es Rita, die mich behutsam in die Arme nahm und mir einen Kuss auf die Lippen drückte.

1953 Vor dem Betrieb „Deutsche Graphische Werkstätten Leipzig" (Ruth 1. von rechts)

Der 17. Juni 1953 in Leipzig

Nicht nur in Halle, Gera, Dresden, Berlin und anderen Städten der DDR, auch in Leipzig wurde der 17. Juni ein Tag des Aufstandes, des Aufbäumens und damit der Unruhen. Auch mein besonderer Tag in Leipzig.

Ich war noch immer in der Ausbildung zur Schriftsetzerin im Betrieb >Deutsche Graphische Werkstätten<.

Der Betrieb befand sich im Verlags-Viertel, unweit vom Johannisplatz.

Die Ruine der Johanniskirche mit dem Turm war zu dieser Zeit noch erhalten und wurde von den Leipziger Bürgern als >Hohler Zahn< betitelt. Leider wurde sie später abgerissen und nicht wieder aufgebaut.

An dem denkwürdigen, unvergesslichem 17. Juni ging ich in der Mittagszeit vom oberen Stockwerk, wo sich die Handsetzerei befand, nach unten zur Kantine. Ich musste den Hof überqueren und sah, dass die großen, eisernen Hoftore, also beide Zugänge zum Betrieb, geschlossen waren. Sie waren verriegelt, wir Lehrlinge und alle Betriebsangehörigen regelrecht eingesperrt.

Auch die Kantine war zu, es gab kein Essen zu verteilen. Ängstlich fuhr ich im Fahrstuhl nach oben, in die Setzerei. Die Situation war mir unerklärlich.

Inzwischen hatte es sich in den Abteilungen herumgesprochen, dass es einen Aufstand der Arbeiter in einigen Städten der DDR gäbe und wir das Gebäude nicht verlassen dürften. Spontan legte ein Geselle nach dem anderen, den Winkelhaken aus der Hand. Wir Lehrlinge standen verunsichert daneben. Der Faktur kam aus seinem Glasverhau und erklärte: Wir dürften den Betrieb nicht verlassen und wären außerdem von der Betriebsleitung aufgefordert, die Errungenschaften der Arbeiterklasse zu schützen. Wir sollten den Betrieb bewachen. Bewachen vor den Feinden, auch wir Lehrlinge im Alter von 14 bis 17 Jahren. Wer die eigentlichen Feinde waren, wusste ich zu diesem Zeitpunkt nicht.

Es dauerte mehrere Stunden, bis wenigstens die Fenster geöffnet wurden. Nun sahen wir viele Menschen in Richtung >Karl-Marx-Platz< laufen. Heute hat der Platz wieder den ursprünglichen Namen >Augustus-Platz<. Mehr und mehr füllten sich die Straßen mit Demonstranten. Sie trugen farbige Spruchbänder und Transparente für Gesinnungsfreiheit und gegen erneute Normerhöhungen. Laut erklangen die Rufe durch Megaphone, unterstützt von Sprechchören.

Nicht lange wurde es erlaubt, aus dem Fenster zu schauen, wir Lehrlinge mussten uns im Raum der FDJ-Betriebsgruppe versammeln.

Der Betriebsparteileiter informierte und belehrte die Anwesenden lautstark über den Aufstand, aus seiner Sicht. Zu den Schriftsetzern und Druckern hatten wir Lehrlinge vorerst keine Kontakte mehr.

Wir wollten allerdings aus dem Gebäude heraus und fingen an zu randalieren. Endlich, nach Stunden, konnten alle in den Innenhof, wo die Arbeiter bereits mit Gewalt die Tore geöffnet hatten.

Auch ich rannte mit ihnen auf die Straße zur Innenstadt. Es dämmerte schon, als der Geruch und ein Flammenschein am Himmel verrieten, dass es an einigen Stellen brannte, ich hörte Schüsse.

Auf dem Platz vor dem > Alten Rathaus< brannte der Pavillon der Nationalen Front. Auch ein Kiosk stand in hellen Flammen. In der Nähe befand sich das Haus der FDJ, dort flogen Möbel, Schreibmaschinen und Bücher aus den Fenstern. Was das Mobiliar mit dem Aufstand zu tun hatte, konnte ich nicht so gut nachvollziehen. Sicher war es der schon länger aufgestaute Zorn auf das System. Gegen 20 Uhr fuhren Panzer der russischen Armee in die Innenstadt. Viele Menschen schrieen und liefen davon. Meine Freundin und ich rannten durch die Petersstraße in eine der kleinen Gassen. Dort drängten wir uns in einen Hausflur. In die engen Gassen konnten die Panzer nicht hineinfahren, nicht ohne Gewalt.

Wir hörten wieder Schüsse, dieses Mal aus nächster Nähe. Neben mir wurde eine junge Frau ohnmächtig. Welch ein Aufstand und ich mitten darin!

Da ich in dieser Zeit als Jugendkorrespondentin für die >Leipziger Volkszeitung< kleinere Artikel oder Reportagen schrieb, lief ich später mit der Menge zum Wilhelm – Leuchner - Platz.

Dort befand sich die Druckerei und der Verlag der Zeitung. Da es inzwischen schon auf Mitternacht zuging, gedachte ich im Verlag eventuell einen Schlafplatz zu bekommen.

Ich wohnte noch im Mädchenwohnheim außerhalb der Stadt und es war in dieser Nacht nicht möglich, das Heim zu erreichen.

Am Wilhelm – Leuchner - Platz wurde es erneut gefährlich. Aus dem Gebüsch der Anlagen heraus wurde mit Pistolen auf die noch immer demonstrierenden und laut rufenden Menschen geschossen. Das Haus der Partei (SED) war dort angesiedelt.

Tage nach dem Aufstand hörte ich, die Pistolen-schützen wären die Parteigenossen gewesen.

Sie hätten so das Haus schützen müssen. An dieser Stelle gab es am Tag des Aufstandes Tote.

Ich sah verletzte Menschen, bevor ich endlich das Tor des Zeitungsgebäudes erreichte. Das Eisentor, es war verbarrikadiert. Die meisten Redakteure waren sicher linientreu und nicht für den Aufstand zu haben. Oder sie hatten selbst Angst, ihre Gesinnung zu zeigen. Für mich war die Situation hart, ich konnte weder vor noch zurückgehen.

Es kam unerwartet, mir schwindelte, es war aus!
In einer Poliklinik kam ich wieder zu mir. Jemand aus der Menschenmenge hatte wohl gedacht, ich, dieses junge Mädchen gehörte zur Redaktion und mir mit einem Brett auf den Kopf geschlagen. Oder waren es die Gegner des Aufstandes? Meine Freundin brachte mich mit freundlichen Helfern in die Klinik. Es dämmerte dem Morgen entgegen, als sie mich nach ambulanter Behandlung mit zu sich nach Hause nahm.

Als wir am nächsten Tag gemeinsam zum Betrieb gingen, herrschte eine gespenstische Ruhe in den Straßen. Die Menschen hatten Angst vor den russischen Panzern und den kommenden Repressalien. Obwohl es immer wieder Verhaftungen auf offener Straße gab, formierte sich ein Trauermarsch in einer Nebenstraße meines Lehrbetriebes. Menschen trugen einen Sarg mit Kränzen voran.

Vor dem Tor des Betriebes standen Volkspolizisten Wache. Mir kam es allerdings so vor, als hätten sie auch Angst. Im Betrieb wurde nicht gearbeitet, sondern in fast allen Abteilungen diskutiert. Begleitet und geleitet von FDJ- und Parteileitern. Es gab keine freie Rede, wir konnten unsere Meinung nicht vertreten. Wieder bekamen Ängste und Zwänge die Übermacht.

Für die kommende Nacht wurden auch wir Lehrlinge, Mädchen und Jungen, zur Bewachung öffentlicher Gebäude eingeteilt. Unsere Abteilung musste ein Haus der FDJ in der Ernst-Thälmann-Straße bewachen. Dafür bekamen wir Luftgewehre ausgehändigt. Zumindest sollten wir Eindringlinge damit erschrecken, schießen konnte und könnte ich sowieso nicht.

Die ganze Nacht saßen wir erzählend auf den Fensterbänken und beobachteten die Straße. Es tat sich nichts, zumal Ausgangssperre herrschte. Bei einem Überfall wären wir mit Sicherheit weggelaufen, obwohl wir das Volkseigentum beschützen sollten. In diesen Tagen wusste ich nicht mehr, was oder an was ich glauben sollte – 16 Jahre jung.

Es kam, wie es die älteren Kollegen voraus sagten. Nach dem Aufstand vom 17. Juni wurden die Normen erhöht, der Leistungsdruck schlimmer. Wir Lehrlinge in der Setzerei mussten in die FDJ eintreten. Ich war schon Mitglied. Die Betriebsleiter machten Druck, wir sollten auch noch in die Partei, zumindest als Anwärter. Ich lehnte es bestimmt ab. Auch in der GST (Gesellschaft für Sport und Technik) sollten wir Mitglied werden. Das war ebenfalls nichts für mich.

Ich schützte mich vor diesen Aktivitäten mit Krankheit oder durch Fernbleiben. Dadurch bekam ich den Ärger der gesamten Brigade zu spüren.

Die Lehrlingsbrigade bekam deshalb keinen Wimpel oder eine Prämie für gute Arbeit und sozialistisches Verhalten zum Staat.

Mein Entschluss stand seit dem 17. Juni 1953 fest, sofort nach bestandener Gehilfenprüfung die DDR für immer zu verlassen.

Durch verwandtschaftliche Beziehungen baute ich heimlich einen Kontakt nach Braunschweig auf.

Es wurde eine aufregende Flucht, die mir erst beim zweiten Anlauf gelang.

Flucht aus der DDR

Der letzte Tag in der Setzerei, im Betrieb Deutsche Graphische Werkstätten Leipzig. Wie sehr musste ich mich am letzten Arbeitstag zusammen nehmen, es durfte keinerlei Verdacht aufkommen. Meine persönlichen Sachen, der Arbeitskittel und Werkzeuge blieben wie immer am Platz liegen. Mit freundlichem Gruß, der nun ein Abschiedsgruß wurde, verließ ich die Kollegen. Meine Freundin Lotti wusste von meinem Vorhaben, ich hatte ihr einige Schriftstücke und Fotos zur Aufbewahrung gegeben. Eines Tages sollte sie mir diese wichtigen Dinge nachschicken.

Wie geplant ging ich sofort nach Arbeitsschluss zum Hauptbahnhof. Ein Weg von wenigen Minuten. Vorbei an der Gutenbergschule, dem Gewerbe-Museum, über den Johannisplatz. Nicht umschauen, es gibt kein Zurück in den Lehrbetrieb, hämmerte es in meinem Kopf.

Angekommen in der Bahnhofshalle am Zeitungsstand, traf ich meinen Lehrer aus der Gutenbergschule. Wir gaben uns die Hand wie gute Freunde. Er überreichte mir den Briefumschlag mit der Fahrkarte nach Berlin. Ich hatte ihn für meinen Fluchtplan gewinnen können, da er selbst Verwandte in Westdeutschland hatte und in einer bestimmten Situation mit mir darüber Sprach.

Er konnte verstehen, dass das Heimleben für mich immer unerträglicher wurde. Dazu kamen die Zwänge im Betrieb und in der Gutenbergschule.

Die Fahrkarte hätte ich nicht bekommen. Für eine Fahrt nach Berlin musste am Verkaufsschalter der Personalausweis vorgezeigt werden.

Da ich noch minderjährig war, hatte ich keine Chance, wäre vielleicht sofort festgenommen worden.

Ich bedankte mich bei meinem Lehrer für die Hilfe, er winkte lässig ab und wir gingen in verschiedenen Richtungen aus der Halle. Nur nicht auffallen.

Noch hatte ich keinerlei Bedenken oder Ängste. Es war ein seltsames, unerklärliches, unbestimmtes Gefühl.

Unvorbereitet überkam mich ein leiser Abschieds-Schmerz. Rasch überquerte ich die Straße und schlenderte am Schwanenteich vorbei zum Karl - Marx Platz. Weiter lief ich zum Alten Rathaus, in die Petersstraße zum Kino > Capitol <.

Dort sah ich einmal den ersten und einzigen Westfilm in der DDR: „Sie tanzte nur einen Sommer". Vorbei an der Thomaskirche ging mein Weg zu Auerbachs Keller, nur hineinschauen und Abschied nehmen für immer. Das dachte und fühlte ich wehmütig.

Zurück zum Hauptbahnhof durch die Ritterstraße, auch diese war mir lieb und vertraut. Als die Straßenbahn in Richtung Gohlis kam, stieg ich schnell ein. Die Fahrt ging zum Mädchenwohnheim Völkerfreundschaft.

Im Heim durfte ich mir nichts von meinem Fluchtplan anmerken lassen. Dort würde mir der Abschied nicht schwer fallen. Weg, nur weg von all den politischen und anderen Zwängen.

Vor dem Zubettgehen packte ich meine Aktentasche, die mich täglich zur Arbeit begleitete. Nur die nötigsten Papiere und ein Brief aus Berlin kamen hinein.

Einen Brief aus Braunschweig, mit wichtigen Adressen, umwickelte ich zur Tarnung mit Wolle. Es entstand ein Knäuel, die Stricknadeln kamen hinzu.

Nach einer unruhig verbrachten Nacht, kam der Tag, der alles veränderte!

Samstag, sieben Uhr, trübes Novemberwetter. Ich verließ mit schnellen Schritten das Jugendwohnheim Völkerfreundschaft in Leipzig, wie an jedem anderen Wochentag. Doch es schien nur so wie immer. Ich war innerlich total aufgewühlt. Rasselnd und klingelnd kam die Straßenbahn um die Ecke. Ich fuhr zum Hauptbahnhof. Mir war kalt, ich fröstelte und fühlte mich sehr allein. Als ich die Bahnhofshalle betrat, hatte ich noch eine halbe Stunde Zeit bis zur Abfahrt des Zuges. Der Zug nach Berlin stand wartend am Bahnsteig drei, so ging ich mutigen Schrittes zu einem Wagen, um einzusteigen.

Unvermutet stand ein älterer Bahnbeamter neben mir und hielt mich am Mantelärmel fest.

„Wo soll denn die Reise hingehen, kleines Fräulein?"

„Nach Ost-Berlin zum Schriftstellerverband, in die Taubenstraße", sagte ich mit fester Stimme, nahm einen Brief aus der Aktentasche und gab ihn dem Beamten.

Der Brief war von Anna Seghers, der Vorsitzenden des Schriftstellerverbandes. Ein Jahr zuvor hatte ich meine ersten Gedichte an den Verband geschickt und Antwort erhalten. Dieser Brief sollte mir als Alibi dienen, dass ich nur nach Ost-Berlin fahren würde. Er schien mir nicht viel zu nützen, mit unbeweglicher Miene erfasste der Mann meinen Arm, hielt ihn ganz fest.

„Ihren Ausweis", schrie er mich an und als er Jugendwohnheim Völkerfreundschaft las, wurde er noch lauter: „Aha, Heimkind, wissen die im Heim Bescheid, dass Sie verreisen wollen?"

„Oh ja, ich habe die Erlaubnis", stammelte ich leise.

„Das haben wir gleich", mit diesen Worten zog er mich in den hinteren Bereich der Halle, zur Bahnhofswache.

Ich musste mich auf eine Bank setzen, er telefonierte und erklärte danach einem weiteren Bahnpolizisten, dass man im Heim schon länger ein Auge auf mich geworfen hätte und ich sicher flüchten wollte. Die Beamten sollten mich unbedingt bis zur Abholung, durch eine Erzieherin aus dem Heim, festhalten.

Daraufhin wurde ein Bahnpolizist beauftragt, mich wegzuschaffen. Er zerrte mich durch einen dunklen Gang, mir kam es vor, als wären wir unter der Erde, als er mich in eine Zelle stieß. Die Zelle war voll besetzt, hauptsächlich mit betrunkenen männlichen Personen, noch von der Nacht. Es roch schrecklich und war sehr schmutzig. Ich hockte mich in eine Ecke auf den Steinboden und ließ den Tränen ihren Lauf. Mir war es unmöglich, einen klaren Gedanken zu fassen. Ich wurde kleiner und kleiner vor Angst.

Die Zeit bis zur Abholung verging schleppend. Endlich erschien ein Volkspolizist und führte mich zurück zur Bahnhofswache.

Frau Wiswede, meine Lieblingserzieherin, stand im Raum. Als ich sie umarmen wollte, stieß sie mich unwirsch zurück. Das begriff ich erst später, sie durfte mir ihre Zuneigung nicht zeigen, sie galt als zuverlässige und linientreue Staatsbürgerin.

Mein Personalausweis wurde einbehalten, die Fahrkarte bekam Frau Wiswede, sie wurde belehrt, dass sie mich bis zur Klärung der Situation bewachen müsste. Wir konnten gehen.

Als wir außer Sichtweite der Bahnhofs-Wache waren, nahm sie meine Hand und streichelte mir beruhigend über die Wange.

Die Erzieherin Frau Wiswede war eine mütterliche Frau von 45 Jahren. Mit ihrer Zartheit und Eleganz und ihrer gewählten Sprache, war sie ein Lichtstrahl für mich im Heimleben. Sie strahlte Ruhe, und besonders für mich Zuneigung aus. Ich bewunderte sie immer!

Wie sehr musste auch sie unter dem DDR - Regime leiden, ging es mir durch den Sinn.

„Ich werde Dir helfen, soweit ich kann. Zuerst gebe ich die Fahrkarte am Schalter zurück. Du musst das Geld unbedingt am Körper verstecken, denn im Heim wird Dir alles abgenommen."

Frau Wiswede hatte schon länger geahnt, dass ich die DDR verlassen wollte. Sie selbst hatte sich von ihrem Mann scheiden lassen müssen, da er in Köln lebte. Westkontakte waren verboten.

Sie steckte mir das Geld zu und erklärte, dass ich sobald als möglich einen zweiten Fluchtversuch wagen müsste. Sie sagte auch, dass ich mit Sicherheit in einen Jugendwerkhof, eventuell nach Waldheim oder gar Bautzen gebracht würde. Das war leider glaubhaft und wäre nicht das erste Mal. Ich hatte schon erlebt, dass Mädchen aus dem Heim ohne vorherige Verurteilung weggesperrt wurden. Wir, die zurückbleibenden Mädchen, erfuhren nicht wohin.

Nun brachte sie mich in das Heim zurück. Ein Wohnheim und doch wie ein Gefängnis. Wir Mädchen wurden auf Schritt und Tritt beobachtet. Das Gelände war eingezäunt, die Türen verschlossen.

Mädchen, die keiner Arbeit nachgingen, hatten Türdienst. An diesem Samstag wurde ich doppelt eingeschlossen, in Gewahrsam genommen.

Im Zimmer der Heimleiterin wurde meine Aktentasche ausgeräumt. Alle Papiere und Zeugnisse weggenommen. Auch meinen einzigen Wintermantel musste ich abgeben. Zum Glück fanden sie das am Körper versteckte Geld nicht. Mit schlimmen Drohungen, die mein weiteres Leben betrafen, sperrte mich die Heimleiterin in das Arrestzimmer.

Es war wiederum ein Segen, dass die Heimleiterin samstags, schon mittags nach Hause ging.

Frau Wiswede ließ mich am Nachmittag mit einem Freund telefonieren. Ich kannte Helmut durch meine beste Freundin Gisela. Er war älter als ich, studierte in Dresden Medizin. Wieder hatte ich großes Glück, dass er an diesem Wochenende in Leipzig war.

Obwohl Helmut betroffen reagierte, dass ich die DDR verlassen wollte, versprach er, mir zu helfen. Dass er zu dieser Zeit schon von der Stasi angeworben war, wusste ich nicht.

Wie meine Freundin Gisela mir nach der Wieder-Vereinigung sagte, wurde versucht, alle Studenten für die Stasi zu gewinnen. Ob Gisela auch dazu gehörte, ich weiß es nicht. Sie arbeitete nach dem Studium als Ärztin in Greifswald.

Helmut war bei den Erzieherinnen im Heim bekannt und als zuverlässiger Bürger eingestuft. Er durfte mich zu den Veranstaltungen im Heim besuchen.

Nach dem Telefonat wurde ich wieder eingeschlossen. Erschöpft und ängstlich legte ich mich auf das Feldbett, die Augen brannten von vielen geweinten Tränen.

Wie sollte es weiter gehen? Frau Wiswede sagte mir, sie hätte mit Helmut alles besprochen, ich sollte mich unbedingt ausruhen, um am nächsten Tag, einem Sonntag, mit ihrer Hilfe aus dem Heim zu fliehen. Es wurde eine lange schlaflose Nacht.

Der Sonntagmorgen kam, es war Fahnenappell im Hof. Auch ich musste wie alle Mädchen mit hinaus. Welch ein Wunder, die Heimleiterin kam persönlich um mich aus dem Arrestzimmer zu holen. Da es noch vor dem Frühstück und kalt war, weigerte ich mich mit der Begründung: „Ohne meinen warmen Wintermantel gehe ich nicht hinaus", ich schrie es laut in das Treppenhaus.

Da Frau Falkenberg mich, das ungehorsame Mädchen unbedingt an den Marterpfahl stellen wollte, befahl sie den Mantel zu bringen.

Sieben Uhr am Morgen, Eiseskälte, ich musste mich an den Fahnenmast stellen. Die Mädchen und das Personal standen im Kreis um den Pfahl und flüsterten. Einige Mädchen grinsten schadenfroh, andere sahen betroffen und ängstlich zu Boden.

Alle wussten, dass ein Fluchtversuch Jugendwerkhof oder gar Gefängnis bedeutete. Nach dem üblichen Morgenlied erklärte die Heimleiterin den Anwesenden, dass in meinem Fall hart durchgegriffen werden müsste, ich wäre ein Schädling des Volkes.

An mir prallten diese Worte ab, meine Gedanken richteten sich in die Ferne, ich wollte und musste weg.

Nach dem Appell wurde ich wieder eingeschlossen. Eines der Mädchen brachte mir Brot und Tee zum Frühstück. Zu meiner größten Freude hatten weder die Heimleiterin noch die Mädchen bemerkt, dass ich den Wintermantel anbehalten hatte. Diesen brauchte ich unbedingt bei meiner Flucht.

Gegen 14 Uhr rasselte der Schlüssel im Türschloss. Frau Wiswede trat ein. „Ich kann Dir nur die Haustür öffnen, mach es besser als gestern."

Sie sah mich nicht an. „Wenn es schief gehen sollte, so bist Du aus dem Fenster gesprungen, ich werde es öffnen, ja?"

Schluchzend antwortete ich und rannte aus dem Haus. Die Mädchen hatten Ausgang oder waren in ihren Zimmern, keiner hatte mich bemerkt.

Im Zaun waren einige Latten lose, ich schlüpfte durch die mir bekannte Lücke. Am Straßenrand stand ein Taxi, mein Freund Helmut saß wartend im Auto. Das war also der Plan, den er mit der Erzieherin Frau Wiswede besprochen hatte. Vertrauensvoll stieg ich ein. Dieses Mal hatte ich nur eine Handtasche dabei.

Helmut sagte zum Fahrer: „Bitte zum Auensee." Ich schaute nur nach unten. Ob wir verfolgt würden, hämmerte es in meinem Kopf. Ich zitterte so sehr, dass ich die Hände im Mantel verbarg.

Am Auensee angekommen nahm Helmut mich an der Hand, wir liefen zum Bahnhof Wahren. Ohne Worte bestiegen wir einen Zug nach Halle.

Endlich, im ungeheizten Zug sitzend, kam ich wieder zur Besinnung. Helmut erklärte seinen Plan, die Fahrt nach Berlin ab Halle anzutreten. Die Angst verfolgt zu werden ließ mich jedoch noch immer nicht los.

In Halle gingen wir in das Dauerkino am Bahnhof. Bis 24 Uhr lief durchgehend der gleiche Film, man brauchte das Kino zwischendurch nicht zu verlassen, was mich sehr beruhigte.

Leider fuhr der Zug nach Berlin erst um drei Uhr. In Bahnhofsnähe befand sich ein Park, wo wir die restlichen Stunden verbrachten. Wir hielten uns fest umschlungen, die Novembernacht 1953 war kalt.

Wie sehr hatte ich mir bei früheren Treffen mit Helmut diese Nähe gewünscht, nun war sie da, danach nie wieder. Da ich mich sehr ängstigte, redete Helmut beruhigend auf mich ein. Würde die Flucht gelingen?

Helmut hatte die Fahrkarte, ich eine Bahnsteigkarte, als wir durch die Sperre gingen. Eine letzte Umarmung auf dem Bahnsteig, Helmut steckte mir die Fahrkarte zu, ich stieg ein. Dunkelheit empfing mich im Abteil, es war mir ganz recht.

Als sich der Zug langsam in Bewegung setzte, biss ich auf die Lippen, damit man mein Schluchzen nicht hören konnte. Die Mitreisenden waren still, einige schliefen, trotz des ratternden Zuges.

Kurz vor Berlin hielt der Bummelzug ruckartig an. Es gab eine Lautsprecherdurchsage: „Ausweise bereithalten, Gepäck- und Personenkontrolle." Unruhe breitete sich im Abteil aus, das Licht vom Bahnsteig ließ die Menschen gespenstisch blass aussehen. Laute Stimmen der Kontrolleure waren zu hören und bei jedem Schlagen einer Wagentür zuckte ich zusammen.

War es das Ende meiner Flucht? Ich besaß keine Papiere. Endlich ertönte erneut die Stimme aus dem

Lautsprecher: „Kontrolle beenden, der Zug hat Verspätung". Ich sank förmlich zusammen, es war meine Rettung!

Fast, nur fast, hätte ich vor Freude aufgeschrieen, doch das war unmöglich, diese Freude musste leise sein.

Vom Bahnhof in Ost-Berlin fuhr ich mit einer S-Bahn zum Bahnhof Zoo und weiter nach Marienfelde in das Aufnahmelager. Täglich kamen hunderte Flüchtlinge an. Da ich noch nicht volljährig war, wurde ich vorübergehend in ein Mädchenheim eingewiesen.

Danach gab es tägliche Verhöre durch die Alliierten und vom Jugendamt. Es musste vorerst geklärt werden, wer mich in Westdeutschland aufnehmen würde, andernfalls müsste ich zurück in die DDR.

In Braunschweig lebte mein Stiefvater, er war nach dem Krieg in Westdeutschland geblieben. Von seinen Eltern hatte ich die Adresse, er wollte mich aufnehmen.

Nach seiner schriftlichen Zusage an die Berliner Behörden kam ich in das Abfluglager. In einer großen Halle gab es Etagenbetten für zirka 20 Personen aller Altersgruppen und Geschlechter.

Tag und Nacht ertönten Durchsagen aus einem Lautsprecher. Es wurden auch die Namen der DDR-Flüchtlinge für den Abflug mitgeteilt.

Transportflieger der amerikanischen und englischen Besatzung nahmen die Flüchtlinge, sofern Plätze vorhanden waren, mit nach Westdeutschland.

Mein Flug sollte von Berlin nach Hannover gehen. An Schlafen war in diesen Tagen nicht zu denken. Die unterschiedlichen Menschen in den Betten, die Gerüche und Geräusche ließen es nicht zu. Für die Verpflegung im Lager hatten wir einen Blechnapf und Löffel zugeteilt bekommen. Die Getränke gab es in Pappbechern.

Mein Blechnapf war verbeult und hatte einen öligen, undefinierbaren Überzug. Vor Ekel konnte ich daraus nicht essen, ich hatte jedoch ständig Hunger. Ein Grund, weshalb ich einmal ohnmächtig zu Boden fiel, als ich zu einer Untersuchung anstand. Wir Flüchtlinge wurden gründlich nach Läusen, auch Körperläusen untersucht.

Für mich junges unerfahrenes Mädchen, ohne Beistand von Eltern oder anderer Bezugspersonen, war es besonders schlimm.

Eines Morgens gegen sieben Uhr, ertönte mein Name aus dem Lautsprecher. Wie hatte ich darauf gewartet, der Abflug nahte.

Mit der > Pan American < wurde ich mit mehreren Flüchtlingen, aus Westberlin ausgeflogen. Der erste unvergessliche, wichtigste Flug in meinem Leben. Da ich nichts gefrühstückt hatte und es im Flugzeug nur Bonbons zur Beruhigung und Kaugummi gab, wurde mir übel. Zum Glück gab es schon diese Tüten.

Nach der Landung in Hannover händigte man mir eine Fahrkarte nach Braunschweig aus. Ich wurde mit einem Bus zum Hauptbahnhof Hannover gebracht.

Wieder war ich sehr aufgeregt. Was würde mich in Braunschweig erwarten. An meinen Stiefvater konnte ich mich nicht erinnern. Auch abholen würde er mich nicht, da er nicht wusste, wann ich aus Berlin ausgeflogen würde. Das ging nicht anders, keiner wusste vorher, wann die Amerikaner oder Engländer freie Plätze im Flugzeug hatten.

Nach meiner Ankunft am >Alten Braunschweiger Hauptbahnhof< am Friedrich-Wilhelm-Platz, stand ich vorerst ratlos in einer fremden, verschneiten Stadt.

Es war an einem Sonntag, der erste Advent 1953. Nette Menschen zeigten mir den Weg, mit dem Bus und weiter zu Fuß, nach Querum, meiner ersten Adresse in Braunschweig.

Die Adresse stimmte, doch alles andere, was in den Briefen nach Leipzig stand, stimmte nicht.

Mein Stiefvater war wieder verheiratet, das wusste ich nicht. Er hatte zwei Kleinkinder und nur zwei Zimmer für uns alle. Dass er Hausbesitzer sei, für mich sorgen würde, ich studieren könnte und vieles mehr, hatte er mir geschrieben, es war gelogen.

Er blieb zu Hause, als ich Arbeit hatte und seine Frau suchte in mir eine Arbeitskraft und Aufsicht für die kleinen Kinder.

Sonntags kam ich in Braunschweig an, am nächsten Tag ging mein Stiefvater mit mir zum Arbeitsamt. Ich bekam sofort eine Stelle und fing am dritten Tag in Braunschweig mit der Arbeit an.

Es gab keine Erholungspause, kein Einleben in das Land, das wir in der DDR als den >Goldenen Westen< bezeichneten.

Da es in Westdeutschland noch keine weiblichen Schriftsetzer gab, musste ich vorerst als Obstverkäuferin arbeiten. Der Obststand befand sich an einer Straßenecke in der Münzstraße. Die Arbeitszeit war täglich von morgens sieben Uhr bis neunzehn Uhr am Abend, außer sonntags. In der Mittagspause nach Querum zu fahren, war mir zeitlich nicht möglich.

Dezember, es war kalt und ich hatte keine warme Kleidung. Die neue Familie fuhr zu Weihnachten mit den Kindern weg. Wieder war ich allein auf mich gestellt.

Ich wurde krank und am zweiten Weihnachtstag in das Krankenhaus an der Salzdahlumer Straße gebracht. Eine starke Erkältung, Schwäche und eine Nerven-Entzündung wurden behandelt.

Die Ärzte behielten mich so lange es ging im Krankenhaus und fütterten mich regelrecht heraus.

An ein Studium oder Hilfe der Behörden in meiner neuen Heimat, war in dieser Zeit nicht zu denken. Später fand ich Arbeit in der Löwen-Druckerei als Buchbindereihelferin. Endlich - nach einigen Wochen wurde im Betrieb dringend ein Schriftsetzer zur Aushilfe gebraucht. Das war meine Chance, ich konnte einspringen und meine Laufbahn als erste Schriftsetzerin in Braunschweig begann.

Bei meinem Stiefvater konnte und wollte ich nicht bleiben. Mit der Genehmigung des Jugendamtes bezog ich ein möbliertes Zimmer und begann endlich mein freies, selbstständiges Leben, mit all seinen Höhen und Tiefen.

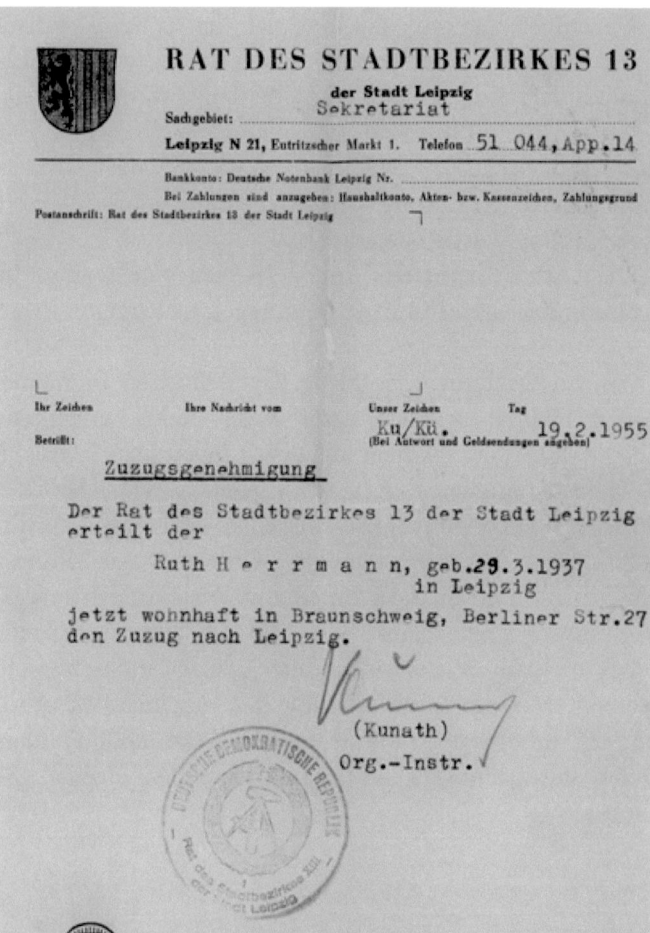

RAT DES STADTBEZIRKES 13

der Stadt Leipzig

Sachgebiet: ......Sekretariat......

Leipzig N 21, Eutritzscher Markt 1. Telefon 51 044, App. 14

Bankkonto: Deutsche Notenbank Leipzig Nr. ....
Bei Zahlungen sind anzugeben: Haushaltkonto, Akten- bzw. Kassenzeichen, Zahlungsgrund
Postanschrift: Rat des Stadtbezirkes 13 der Stadt Leipzig

Ihr Zeichen   Ihre Nachricht vom   Unser Zeichen   Tag
                                         Ku/Kü.   19.2.1955
Betrifft: (Bei Antwort und Geldsendungen angeben)

Zuzugsgenehmigung

Der Rat des Stadtbezirkes 13 der Stadt Leipzig
erteilt der

Ruth H e r r m a n n, geb. 29.3.1937
in Leipzig
jetzt wohnhaft in Braunschweig, Berliner Str.27
den Zuzug nach Leipzig.

(Kunath)
Org.-Instr.

8417 S VLV Erfurt Ag 140/I/2630 V/1/7 - 10 2426 G 1,0

1955 Ein erneuter Versuch Ruth nach Leipzig zu locken

Angekommen

Als Kind habe ich nicht gespielt, als Jugendliche nicht getanzt, ich musste sofort erwachsen sein. Da ist es kein Wunder, dass ich kein fröhliches Kind war. In jeder Situation habe ich versucht, das Beste daraus zu machen. Zu keiner Zeit war ich als Kind den Menschen, die mich betreuten und mich erziehen wollten böse.

Wenn meine Seele verletzt wurde, so hat sie sich wieder aufgerichtet, wurde gesund. Mein Glauben hat mir geholfen, immer Mut gemacht.

Bei den verschiedenen Pflegeeltern musste ich viel arbeiten, auch daraus konnte ich lernen. Immer war ich bestrebt, für die Zukunft zu lernen und kreativ zu sein. Demütigungen haben mich am Ende gestärkt.

Da ich nichts mit dem DDR-Regime, der Partei und GST (Gesellschaft für Sport und Technik), im Sinn hatte, tröstete ich mich mit Literatur und Theater, sooft es möglich war. Dadurch kam ich einige Male verspätet im Mädchenwohnheim an. Das bedeutete Ausgangssperre am Wochenende. Mir machte es nichts aus, und einige Mädchen freuten sich darüber, denn ich las ihnen meine ersten literarischen Ergüsse vor. Die Erzieherinnen konnten meinen Willen nicht brechen. Trotzdem war ich bei den meisten beliebt.

Wie wäre es mir ergangen, wenn die Flucht nach Westdeutschland nicht gelungen wäre, - müßig darüber zu spekulieren.

Im Westen angekommen, gab es für mich keine Möglichkeit zu studieren.

1954 gab es kein Bafög, keinerlei Hilfe für mich.

Da es noch keine Frauen als Schriftsetzerinnen gab, nahm ich Hilfsarbeiten an, bis mich eine Braunschweiger Druckerei einstellte. Auf die Malerei, die Bildhauerei, das Schreiben musste ich noch viele Jahre warten.

Eine Ehe, die Geburt von drei Söhnen, schließlich die Trennung vom Ehemann nach 25 Jahren, - und dann endlich ein Studium der Malerei und Bildhauerei.

Ich hatte Erfolg mit der Kunst. Einige Jahre später begann ich zu schreiben.

Der große Vorteil des Schreibens ist, dass ich es überall tun kann. Auf Reisen im Zug, im Bus und wenn ich in der Landschaft sitze.

So bin ich nun bei mir angekommen, ich male, ich arbeite an und mit Steinen, ich schreibe. In mir sind noch immer viele Bilder und Geschichten.

Im Leben angekommen zu sein, da, wo ich das tun kann, was ich tun muss, - welch ein wunderbarer Grund dankbar zu sein.

CHARLOTT RUTH KOTT, geboren 1937 in Leipzig.
Ausbildung zur Schriftsetzerin in der Gutenbergschule.
1953 Flucht nach Westdeutschland.1955 Heirat. Geburt
von drei Söhnen. Ständiges Arbeiten als Schriftsetzerin.
1980 Trennung vom Ehemann, Studium der Malerei.
1981 - 1985 Studium an der HBK Braunschweig bei Prof.
Peter Vogt und Peter Sorge. Teilnahme an Editionen,
längere Studienaufenthalte in der Provence.
Stipendium des Landes Niedersachsen für Malerei an der
Internationalen Sommerakademie Salzburg, bei Prof.
Arik Brauer und Stipendium für ein Semester Studium
der Malerei in Frankreich.
1987 bis 2004 Mitglied der GEDOK Niedersachsen,
Gruppe Bildende Kunst und Literatur. Seit 1991 im
Verein Atelier Artistique International de Séguret.
2003 Aufnahme im BBK - Braunschweig, Bund Bildender
Künstler und im IGBK, Internationale Gesellschaft der
Bildenden Künstler. Arbeitet als Freie Malerin und
Bildhauerin in Braunschweig.
Teilnahme an Gruppen- und Einzelausstellungen im In-
und Ausland. Arbeiten im öffentlichen Besitz und
Museen. 2003 bis 2006 Studium des Schreibens an der
Axel Anderson Akademie Hamburg. Zahlreiche
Literarische Arbeiten zu Bildern und für Zeitungen.
2002 vertreten in der Anthologie >Begegnungen< mit
dem Text: Wie schmeckt Blau?
2004 Erste Buchveröffentlichung >ICH WERDE< ....
Wege der Malerin.
2005 vertreten in der Anthologie >Mit Spürsinn
unterwegs< mit dem Text: Schwarze Kunst.
2006 Veröffentlichung >Sternenstaub und Rosenwind<
Malerei und Gedichte.

1954 Erstes Foto von Ruth in Braunschweig

2007 Die Malerin Charlott R. Kott
in Séguret /Provence

Mein besonderer Dank gilt
Herrn Prof. Dr. h.c. Biegel für die Worte zur
Zeitgeschichte

Die Namen der Personen wurden geändert.
Eine Namensgleichheit ist rein zufällig.

CHARLOTT RUTH KOTT

Kornäpfel

Kindheit und Jugend in Leipzig

Mit Ihren autobiographischen Erinnerungen schildert Charlott Ruth Kott nicht nur ihre Jugendjahre und den Weg vom Schulkind zum Lehrling, sondern die Anfangsjahre der DDR aus dem Blickwinkel einer unschuldig Betroffenen, der man die Freiheit des eigenen Denkens und Handelns nimmt, um die >*politisch schlechte Erziehung durch die Pflegeeltern*< zu überwinden und fremdbestimmt dem System eines entstehenden Unterdrückungsstaates angepasst zu werden. Geschichten aus der eigenen Lebensgeschichte werden zum Leben erweckte Geschichte: informativ, lehrreich und gerade auch für junge Menschen heute lesenswert, um besser zu verstehen, warum Freiheit, Gleichheit, Brüderlichkeit für eine freie Gesellschaft wunderbare Errungenschaften waren und sind, die es auch in unserer Zeit stets neu zu verteidigen gilt.

Prof. Dr. h. c. Gerd Biegel, Landesmuseum - Braunschweig